KB271558

십이월의 아카시아

들어가며

나의 별들이 불을 밝힐 시간입니다.
여기 이곳에 당신이 볼 수 없었던 나를
밤하늘에 별빛을 뿌려 놓듯이 흩어 놓았습니다.
내 가슴의 말이 당신을 찾아가 별처럼 빛나서
당신의 가슴에서도 영원히 꺼지지 않고 빛나기를 바랍니다.

차례

부러지지 않는 마음

부러지지 않는 마음

출렁.

파란 바다에서 쉬지 않고 출렁거리던 파란 파도가 바다를 떠나서 몸 안으로 밀고 들어오는 소리가 들려왔다. 그 소리는 귓가가 아닌 몸의 한가운데 어디쯤에서 울렸다. 몸이 파도에 밀려 들썩거렸다. 팔뚝에 꽂힌 주삿바늘을 타고 투명한 액체가 불꽃처럼 혈관 속으로 타들어 갔다. 명치 아래에서 투명한 액체는 두어 번 더 출렁이더니 빠르게 온몸으로 흩어졌다.

뱃멀미 같은 현기증이 났다. 내게 보란 듯이. 아무것도 할 수 없다는 것을 알고 있다는 듯이. 제멋대로….

아프지는 않았지만 커다란 벌레가 몸 안에서 꿈틀거리며 기어 다니고 있는 것 같았다. 손이라도 넣어서 끄집어낼 수 있다면 그렇게 하고 싶었다. 그사이 뱃속까지 미끄러져 내려가서 침몰하는 배처럼 소용돌이치다가 뜨거운 열기를 입 안 가득 올려 보내 놓고 이내 잠잠해졌다. 생전 처음 해본 CT 검사는 이렇게 짧고 빠르게 끝났다.

페소공포증이 있는 나를 밀폐된 통 안으로 밀어 넣지 않은 것만으로도 감사해하며 도망치듯 주섬주섬 소지품을 챙겨서 검사실을 빠져나왔다. 두 번 다시 그 출렁이는 파도를 내 몸 안에 들여놓는 일이 없었으면 좋겠다고 생각했다. 미끄덩거리던 느낌이 피부에 들러붙어 걸어 나오던 중 병원 복도에서 중심을 잃고 휘청거렸다.

목구멍이 따가웠다.

밤도 아닌데….

분명 밖은 가장 아름다운 계절 5월의 따스한 햇볕이 세상을 향해 내리쬐고 있었는데,

밤도 아닌데….

칸막이 대신 커튼이 쳐진 검사실은 대낮의 햇살 아래 서 있던 내 그림자보다 더 어둡고 컴컴했다. 어두운 검사실의 딱딱하고 차가운 침대 위에 혼자 덩그러니 용도를 알 수 없는 기계들과 나란히 누워 있었다. 사람의 인기척은 멀리까지 신경을 곤두세워 봐도 찾을 수 없었

다. 문 너머 병실 복도 위로 서늘한 공기가 빠르게 지나는 소리가 들렸다. 바람이 서로 무언가에 부딪혀서 윙윙거리거나 문살을 튕겨내며 찢기는 소리가 없는 것으로 봐서 복도는 텅 비어 있을 거라 생각했다.

천장에 매달린 형광등은 불빛 하나 내어줄 기미도 보이지 않았다. 차라리 그것이 다행스럽게 느껴졌다. 어둠이 더 깊어져 지금 내 처지를 깜깜하게 가려줬으면 좋겠다고 생각했다.

아무도 없는 어둠 속에서 상반신을 내어놓고 있는 그 순간이 참을 수 없이 어색하고 부끄러워 얼굴이 달아올랐다. 온몸에는 한기가 들었다. 단지 환자로서 검사를 받으러 왔을 뿐인데, 내 몸의 일부를 내보인다는 것에 발가벗겨진 기분이 들었다. 시험대 위에 마루타처럼 누워있자니 시간이 멈춘 듯 길게만 느껴졌다. 검사를 받으러 오기 전까지 애써 잡고 있던 가는 줄 하나가 순간 뚝하고 끊어져 허무와 막막함으로 범벅이 된 기분이었다. 내 차례를 기다리는데 목이 탔다. 어둠 속에서 가만히 눈을 감았다. 곧 차가운 액체가 몸 위로 떨어졌고 기계가 거칠게 지나가는 소리가 들렸다. 왠지 서글퍼져서 조용히 눈물이 흘렀다. 붉게 상기된 얼굴과 젖은 눈이 어둠 속에 묻혀있어서 그나마 슬픔과 두려움이 조금 덜한 것 같았다.

누구나 자기 몫으로 정해진 운명의 무게를 받아들여야 하고 그 무게란 것은 인간이 기를 쓰면 기어코 견뎌낼 만큼의 무게라 믿어왔다. 하지만 살다 보니 고통은 견딜 수 있는 만큼의 시험이 아니라, 기어이 체념토록 만드는 폭력일 때가 더 많았다. 체념에 체념이 더해지다 보면 삶은 의미 없는 손길에도 푹푹 찔려 들어가는 썩은 복숭아처럼 물러지곤 했다.

그래도 시간이 쉼 없이 흘러간다는 사실이 위안이라면 위안이었다.

어떤 아픔과 어떤 기쁨은 잊히고 지나간다. 또 어떤 아픔과 어떤 기쁨은 오히려 선명하게 각인되어 오래오래 기억 속에 머물기도 한다. 매 순간이 억만년 같이 흐르던 시간도 어느덧 일 년이 지났다. 누군가에게는 '벌써?' 하는 시간이 내게는 너무나 아득하게 느껴진 시간이었다.

언제부터인가 체력이 예전 같지 않아서 쉽게 지치고 피로감이 자주 밀려왔다. 평소 건강 관리도 했었고 음식 습관도 건강한 편이라 건강에 대해서는 자신하고 있었다. 어느 날 잠자리에 누워 무심결에 만진 가슴에서 낯선 이물감을 느꼈다. 순간 불길한 예감이 스쳤다. 며칠 동안 누구에게도 섣불리 말하지 못했고 잠을 이룰 수 없을 정도로 초조한 하루하루를 보냈다. 어떻게 될지 모를 일이지만 병원에 갈 결심을 하기까지 불안은 잠잠해질 줄을 몰랐다. 별일 아닐 것이라 수없이 되뇌었다. '설마 나에게 무슨 큰일이 있겠어.'라며 무심한 척했다.

두 번의 검사를 받았다. 결과는 좋지 않았다. 큰 병원으로 가보는 것이 좋겠다는 말을 들었을 때 '하늘이 무너지는 심정'이란 그 말의 무게감을 비로소 느껴보게 되었다. 차 안에 혼자 앉아 떨리던 손을 붙잡아 진정시키려고 운전대를 있는 힘껏 붙잡고 한참을 멍하니 앉아 있었다. 넋을 놓고 있다가 겨우 차를 몰았다. 멈추고 보니 집 앞이었다. 혼란스러웠지만 정신을 차려야만 했다. 섣부른 판단은 혼자 하지 않는 것이 좋을 것 같았다.

예전에 암 수술을 받았던 친구의 도움으로 병원과 의사 선생님의 정보를 얻을 수 있었다. 어색한 분위기를 깨려고 자기 병력이 도움이 될 때도 있다는 친구의 농담 덕분에 잠깐 웃기도 했다. 동병상련이란 게 이런 것이구나 싶었다. 그때, 진심으로 그녀에게 고마웠다.

 매주 서울을 오가며 추천 받은 서울대학병원에서 처음부터 검사를 다시 시작했다. 시간은 빠르게 흘렀고 어느덧 검사 결과를 들으러 가는 날이 돌아왔다. 이른 새벽 집을 나서는데 어슴푸레한 아침 공기가 머릿속만큼이나 흐렸다. '그래도 최악의 순간은 오지 않을 것'이라는 믿음을 부여잡으며 집을 나섰다. '설마 내가…' 하는 마음과 '어쩌면'이라는 절망감이 1초에도 수십 번씩 마음을 흔들어 댔다.

 어떤 결과가 나오더라도 절대 울지 않겠다고 다짐하고 몇 번의 심호흡을 하고 나서야 진료실 문을 열고 들어갔다. 의사는 앞에 놓인 컴퓨터 모니터만 바라보고 있었다. 잠시 무거운 침묵이 흘렀는데 침묵을 깨고 나올 의사의 말을 기다리고 앉아 있는 그 순간이 실은 견딜 수 없이 무서웠다.

"유방암입니다."

 설마 했는데… 탑처럼 쌓아 올렸던 희망이 무너지는

순간이었다. 왈칵 눈물이 쏟아졌지만 순간 목이 콱 막
혀버려 울음은 밖으로 흐르지 못하고 목젖 언저리에서
맴돌았다. 토해내지 못한 감정이 갇히고 나니 손발 끝
이 찌릿하게 저려오기 시작했다.

 수술을 위한 본격적인 검사가 다시 시작되었다. 모든
검사가 별 무리 없이 잘 마무리되는가 싶었는데 마지막
남은 검사가 하필이면 MRI였다. 언제부터였던가 사방
이 막힌 공간에 들어서면 숨을 쉴 수가 없었다. 감정이
라곤 느낄 수 없는 음산한 기계 속으로 들어간다는 생
각만으로도 식은땀이 났다. 시도는 해보겠다고 했지만,
도저히 엄두가 나지 않았다. 머리가 지끈거리며 아파왔
다.

 검사 당일, 알 수 없는 약물이 든 주사를 맞았다. '웅'
하는 소리와 함께 기계가 돌아가기 시작했고 긴장된 몸
이 서서히 안으로 밀려들어 갔다. 내 몸은 단 일 분도
버티지 못했다. 머리는 몽롱했는데 이상하게 호흡이 곤
란할 정도로 가슴이 날뛰었다. 의사는 기계를 급히 멈
추었고, 내 얼굴은 눈물로 범벅이 되어 있었다. 짧았지
만 끝없이 떨어지는 아득한 공포 속에 갇힌 기분이었
다. 생각만으로도 그날의 공포가 숨을 막히게 한다.

　검사실 안에서 나를 삼킬 것처럼 으르렁거리던 기계
는 아직도 그곳에 있을 것이다. 좁은 동굴 속으로 밀려
들어 갈 때 기계 안에서 들려온 특이한 소음과 일정한
간격으로 새어 나오던 마른 바람이 긴장을 고조시켰다.
밀폐된 공간이 주는 두려움은 말로 설명하기 힘든 종류
의 감정이었다. 의지로 참아낼 수 있는 차원이 아니었
다. 어렵사리 검사를 끝내고 드디어 수술 날짜를 잡을
수 있었다.
　두 딸이 번갈아 가며 병원에 다녀주면서도 피곤한 내
색 한번 하지 않았다. 두 딸과 막내아들은 살아온 모든
순간 내게 있어 가장 큰 힘이었고 앞으로도 그럴 것이
다.

　8월 8일, 수술일이 다가오고 있었다. 병원으로 떠나기
전날 잘 다녀오라는 말에 빙긋 웃어보였지만 실은 많
이 무서웠다. 식은땀이 흘러 손끝에 물방울이 맺히는
느낌이 들었다. 바지춤에 얼른 손바닥을 훔치면서 돌아
섰다. 떨렸고, 두려웠고, 가기 싫었다. 실은 떼쓰고 누
군가를 원망하고 화내고 울고도 싶었다. 수술 당일 수
술실 안에는 보호자들과 격리된 채 환자들이 침대마

다 누워 대기 중이었다. 숨소리조차 들리지 않을 정도로 안은 적막했다. 환자들은 하나같이 조용히 눈물을 훔치고 있었다. 회색빛이 자욱한 대기실 안에서 각자의 아픔은 서로에 대한 연민으로 뒤엉켰다. 여기저기서 훌쩍거리는 소리가 들려왔지만 입술을 깨물며 가까스로 참았다. 한 번 마음이 무너지기 시작하면 걷잡을 수 없을 것 같았다. 이제 겨우 시작인데 약해지면 안 될 거라 생각했다. 울지 말라 했던 말을 생각하며 양쪽 팔을 감싸 안고 손톱을 있는 힘껏 살 속으로 밀어 넣었다. 순간 아이들이 보고 싶었다. 수술실 유리문 너머 밖에서 또 멀리에서 나를 걱정하고 있을 사람들 생각에 애써 눈물을 참았다. 옆에 누운 아주머님께서 계속 우는 바람에 나도 덩달아 눈물을 터뜨리기 일보 직전이었다. 그만 우시라며 손을 토닥여드리고, 눈물을 훔치느라 흐트러진 침대 시트를 가지런히 해드렸다. 아픔은 같은 아픔으로 위로받는다는 것을 이때 알게 되었다. 수술실을 향해 나 있는 길은 좁고 아득해 보였다. 살아 있는 사람의 몸에서 있어서는 안 될 쓸모없는 것들이 세상으로 끄집어내져서 버려지고 소멸되어가는 냄새가 복도에 진동했다.

눈을 꼭 감고 속이 뒤집힐 것 같은 비릿한 냄새에 숨을 참고 어서 복도 끝에 다다르기를 바랐다. 수술대 위에 누워 사람들의 말소리와 차가운 금속들이 부딪치는 소리에 마취제 없이도 온몸이 딱딱해지고 등 뒤가 서늘해졌다. 눈을 꼭 감고 있었는데도 내리쬐는 조명에 눈이 타는 듯이 뜨거웠다.

그 흰색 조명이 몸의 구석구석 보이지 않는 피와 살을 뚫고 들어가 뼛속까지 훤히 비추고 있는 것 같았다. 내 몸을 그 빛으로부터 숨기고 싶었지만 숨길 곳이 없었다. 무방비 상태에서 아무런 저항도 못하고 낱낱이 해부될 것만 같았다. 눈꺼풀 위에서 하얀 조명 같은 불빛이 사라졌다. 곧 몸이 나른해졌고 칠흑 같은 어둠에 혼자 내던져졌다. 희미한 목소리들이 아득한 메아리가 되어 검은 구덩이 밖에서 들려왔다.

'괜찮을 거야…, 그래 괜찮을 거야.'

눈을 뜨니 병실로 옮겨져 있었다. 살았다는 안도도 잠시, 마취가 풀리기 시작하자 물러났던 통증이 밀려왔다. 도려내진 부드러운 피부 위를 크고 날카로운 여러 개의 바늘이 할퀴고 있는 것 같았다. 마취로 잠시 멈추었던 폐 기능을 정상으로 되돌리기 위해 숨을 깊이 몰

아쉬는 연습을 해야 했다. 기침이 심하게 나서 숨쉬기가 버거웠다.

 수술이 끝나고 이틀째 되는 날은 새벽에 쇼크가 와서 복도 끝에서 혼자 쓰러졌다. 바람 빠진 풍선처럼 늘어진 몸 위로 땀이 솟구쳤고 속은 뒤틀리고 울렁거렸다. 내 몸을 내 의지대로 할 수 없다는 사실에 답답함을 넘어서 뭐라 말할 수 없는 비참한 기분이 들었다. 새벽, 모두가 잠든 복도는 적막했다. 어떻게든 일어나보려 애쓰다가 나도 모르게 정신을 잃었다. 어렴풋이 정신이 들었을 때 내 몸은 바닥에 질질 끌려 어딘가로 옮겨지고 있었다. 정신은 희미했지만 끌려갈 때의 참담했던 심정은 지금까지도 머릿속에 선명하다. 몸이 받는 고통 이상으로 치료 중 상처받는 마음의 고통 또한 너무나 아픈 것임을 이때 알게 되었다.

 긴급 처치를 받고 한두 시간이 흘렀지만 밖은 여전히 깜깜했다. 병실로 돌아오니 모두 고요히 잠들어 있었다. 침상에 오르며 정신을 잃었던 순간을 떠올리자 다시금 가슴이 서늘해졌다. 앞으로도 남은 많은 날이 그럴 것이다. 혼자서…. 침상에 깔린 공기는 무겁고 차가웠다. 눈을 감고 오지 않는 잠을 청하며 긴 새벽을 흘려

보냈다.

 수술 전 노교수님의 작고 가지런한 손을 보는데 왠지 안심이 되었다. 수술대 위에서 잔뜩 긴장하고 있던 나에게 이런저런 이야기를 건네주시던 다정함에 마음이 노곤해졌다. 수술 후 회진을 오셨을 때 한번은 머리를 쓰다듬어 주시며 애썼다 고생했다 하셔서 부모님 같은 느낌이 들어 뭉클하기도 했었다. 마음만큼이나 그 손이 무척 따뜻했다. 문득 아버지가 생각났다. 이내 그리움이 밀려왔다….

 아프기 시작하면서 어쩔 수 없이 집안일을 딸에게 맡기고 손을 놓을 수밖에 없었다. 퇴원하고 집으로 돌아오니 수술 직후라 그나마 간단한 손놀림조차 편치 않았다. 여름이라 날씨는 덥고 상처 부위는 아물지 않아서 씻지도 못하는 불편함을 겨우 견디며 가까운 병원 병실에서 시간이 가기를 기다렸다. 그 당시에도 가장 두려웠던 것이 항암의 공포였기에 아픔에서 오는 불편함 정도는 참아낼 수 있었다.

 짧지 않은 삶을 살아오면서 감사해하는 것 중 하나가 있다면 내 곁에 머무는 사람들이다. 피붙이도 아닌 남

으로 만났지만 서로의 마음을 헤아리고 의지하며 세상
은 혼자 살아갈 수 없다는 것을 절실히 느끼게 해준 사
람들이었다. 그들로 인해서 외롭지 않았던 날들에 진심
으로 감사한다. 그들 곁을 떠나고 싶지 않았다.

어스름한 죽음이 드리웠을 때 동시에 한여름 태양 같
이 솟구치는 강렬한 행복을 희구했다. 생의 아이러니란
이런 것이리라.

시간을 견디며

고개를 들어 거울을 바라보니 누군가 그 안에서 나를 바라보고 있다. 거울 속에 보이는 저 사람…. 한 번도 본 적 없는 낯선 타인의 형체…. 내가 모르는 누구…지? 설마… 나는 아닐 거라 믿고 싶었다.

. 말라버린 피부 위로 생의 기운마저 증발해버린 것 같았다. 이리저리 고개를 돌려가며 인상을 쓸 때마다 마른 영혼이 부석거리는 소리가 들리는 듯했다.

시뻘겋게 충혈된 눈에 붉게 고인 눈물이 흘렀다. 몇 번이고 뺨을 훔쳐봐도 눈물은 멈추지 않았다. 눈물에 젖어 들러붙은 검은 머리카락이 떨어지지도 않고 얼굴을 간질였다. 차가운 대리석 바닥에 소리 없이 너풀거리다가 떨어지는 검은 머리카락에 시선이 묶였다. 미련을 버리지 못한 눈동자가 미동도 않다가 이따금 끔뻑였다. 그리곤 눈을 감았다. 미련한 미련은 더는 소용이 없다는 걸 인정해야만 했다.

고개는 바닥을 향해 축 늘어지고 머리카락이 옷처럼 바닥을 뒤덮었다. 머리카락을 밀어내던 기계는 내 마음 따위 아랑곳하지 않고 경망스러운 소리를 내면서 부지런히 제 할 일을 하고 있었다.

검은 머리카락 위로 조용히 떨어져 잘려 나간 머리카락 위로 푸른 눈물이 떨어졌다. 물이 번지자 머리카락은 볼품없이 엉키고 덩어리졌다. 기계음이 멈췄지만 좀처럼 고개를 들 용기가 나지 않았다. 크게 숨을 들이쉬고 단전에 힘을 모음과 동시에 '흡' 하는 추임새의 반동과 함께 고개를 들었다. 깨끗하게 밀려 나간 머리와 눈물로 얼룩진 얼굴 위에 도저히 내 것이라고 할 수 없는 어색해서 흉해 보이기까지 한 머리가 휑하니 얹혀 있었다. 첫 번째 항암을 끝내고 어김없이 머리카락이 무수히 빠지고 나니 몰골이 말이 아니었다. 숭덩숭덩 빠진 머리카락이 사람을 참으로 초라하게 만들었다. 초라한 모습에도 마지막까지 포기가 안됐던 머리카락을 밀어내는 것에는 선택의 여지가 없었다.

암이라는 말을 처음 들었을 때도 수술을 하고 나서 한

쪽이 잘려 나간 가슴을 보고도 이렇게까지 비참하진 않았다. 지칠 때까지 한바탕 울고 나자 무거운 피로감이 몰려왔다. 바닥에 몸을 누이니 얼음장 같은 찬기가 뼛속으로 스미는 저릿함이 느껴졌다. 작은 충격이라도 몸에 닿는 순간 통증은 증폭되었다. 그럴수록 태연하려고 입술 언저리를 깨물고 씹었다.

나를 옆에서 지키던 큰딸이 병실 밖으로 나가더니 한참이 지나도록 돌아오지 않았다. 아마 혼자 울고 있었을 것이다. 잠시 후 아무 일 없는 것처럼 돌아와서 한다는 말이, 우리 엄마는 머리카락이 없어도 진짜 예쁘단다. 그런 딸이 고마워 또 눈물이 났다. 이 아픈 시간이어서 빨리 지나가기만을 바랐다.

첫 번째 항암이 시작된 날, 단단히 마음을 먹었지만 불안을 떨쳐낼 순 없었다. 항암 치료 때마다 5~7시간 간격으로 세 병의 약을 투여했다. 첫 번째 약이 투여되고 잠시 후 얼굴이 붉게 달아오르더니 피부 발진과 호흡 곤란 증세가 시작되었다. 의사는 즉시 약 투여를 중단했다. 증세가 호전되기를 기다린 뒤 두 번째 투여를 했다. 몸 안으로 약이 흘러들어 갈 때 생각했다.

'항암 치료는 나쁜 것도 좋은 것도 함께 죽이는구나'

항암 당일에는 약 기운이 바로 나타나지 않았다. 다행이라 생각했지만 하루가 지나자 아무것도 삼키기 어려울 만큼 목이 붓고 속이 울렁거려 변기통을 붙들고 헛구역질을 해댔다. 기력이 쇠잔한 채로 밤이 기울면 이번에는 온몸의 뼈와 살이 녹아내리는 통증이 찾아왔다. 사지가 떨어져 나갈 것처럼 아팠다. 먹어야 하는 약은 또 어찌나 많은지. 통증을 참아내려면 먹어야 했는데 약이 어찌나 독한지 위가 아파서 위를 다스리는 약을 또 처방받아야 했다.

면역력이 약해진 탓에 팔은 주삿바늘 자국으로 멍투성이가 되었고, 입 안은 헐어서 아무 감각을 느낄 수 없었다. 상처가 나면 항암 기간에는 감염의 우려가 있어서 특히 조심해야 했다. 잇따른 약 부작용들이 하나둘씩 생겼다가 없어졌다가 하면서 몸과 마음을 지치고 힘들게 했다. 누군가 내 몸 구석구석을 돌아다니면서 스위치를 껐다 켜기를 반복하고 있는 것 같았다.

병원을 오가면서 계절이 오가는 것도 알아채지 못했다.

창문으로 들어오는 가을 햇살에 머리카락 한 올 없는 머리를 들이밀어 보기도 하고, 서늘한 바람이 가늘게 지나는 것을 보고 희미한 웃음을 지어보기도 했다. 그 사이 꽃이 피고 지고, 단풍이 물들어 마지막 인사를 준비하고 있었다.

고요하고 거룩한 밤

고요하고 거룩한 밤

계절이 훌쩍 지나 한여름의 뜨겁던 햇볕은 적당히 누그러져 있었다. 햇살이 따사롭게 머리 위에 머물던 평화로운 한순간이 아쉬워 걸음을 멈추고 눈을 감았다. 할 수만 있다면 이 시간을 길게 잡아 늘이고 싶었다. 햇살 좋은 어느 가을날, 예쁜 옷을 입고 짙은 화장을 하고 사뿐한 걸음으로 외출하는 상상을 했다. 노을이 지는 저녁이면 아름답게 물들던 하늘빛을 떠올렸다. 가지 않을 것 같은 시간은 그래도 흘렀다.

그렇게 4번의 항암이 가까스로 끝났다. 항암의 흔적은 흉하게 남았다. 손발톱이 검게 변하면서 녹아버려 울퉁불퉁 패이고 거칠게 갈라졌다. 난생처음 가발을 쓰고 다녀야 했고 무엇보다 유방암이라는 게 여자로서의 자존감을 철저히 무너뜨리는 병이었다. 시간이 해결할 수 없는 것도 있었다. 적어도 한동안은 그렇게 생각했다.

항암 치료가 끝나고 방사선 치료를 위해 다시 입원했다. 큰딸과 함께 병실에서 맞이한 크리스마스는 어색했다. 뉴스에서는 어느 해보다 따뜻한 겨울이 될 거라는 말이 흘러나오고 있었다. 나와 큰딸은 침상 위에 나란히 걸터앉아 말없이 뉴스를 들었다.

고요하고 거룩한 이 밤에 운명의 신의 거룩한 축복이 나와 함께하기를….

아주 하얀 베개를 보면
저절로 단잠에 빠져들 것 같아 마음이 편안해진다.
하얗고 바스락거리는 소리가 나는 베개에다 머리를 뉘었다.
지난 계절 한여름의 들큼함이 바람에 남아
머리카락을 간질였다.
따뜻한 사람의 품에서 따뜻한 온기를 느끼며
아주 짧은 단잠을 잤다.
하얀 베게에는 생기 잃은 검은 머리카락이 질서 없이
흩어져 엉겨 붙어 있었다.
어디론가 흔적도 없이 사라지고 말 머리카락을
주워담아 손에 들었던 모습을 잊을 수가 없다.
그 머리카락에 내가 남아 있었다.
그때 그 마음에 내가 남아 있었다.
머리카락은 서로 엉키고 나면 절대 흩어지는 법이 없다.
내 마음에 엉킨 그 날이 그 시간이 흩어지지 않고
그대로 남아 있다.

불면의 겨울

불면의 겨울

아버지를 겨울의 메마른 땅 아래 홀로 남겨두고 돌아온 날, 죽은 듯 쓰러져서 잠들었던 날처럼 그 겨울은 아팠다. 한 달 동안 집중 치료를 받았다. 불면의 밤이 두려워 해가 지면 어디론가 숨어버리고 싶었다. 기척도 없는 깊은 밤이면 누군가 바닥에 끌려 옮겨지는 다급하고 거친 소리가 들리곤 했다. 그럴 때마다 불안이 엄습하여 나는 밤새 뜬눈으로 뒤척거렸다. 어둠을 틈탄 불빛 한 줄기가 허공에 걸쳐있는 게 깊은 밤 병실에서 지각할 수 있는 유일한 형체였다. 빛 한 줄기가 어둠의 깊이를 짐작하게 했다.

어둠이 눈을 가리면 머릿속에서는 온갖 상념들이 몸 밖으로 쏟아져 날 괴롭히기 시작했다. 소독약 냄새, 유리병 안에서 찰랑거리는 투명한 액체, 혈관을 타고 흐르는 냉기, 이름이 불릴 때의 섬뜩함, 살을 태우는 가는 빨간 불, 빨간 불에도 다 타지 않을 가슴속 덩어리, 가슴에 불덩이를 들여보내는 사람, 아득해지는 순간 빨간 불에 멈춘 호흡, 낮게 깔려 햇살에 반짝이는 복도 위의 먼지, 뺨을 가르며 광장에서 불어오는 바람, 머리맡에서 침묵하며 달리는 비상구, 밖을 내려다볼 수 없는 창문, 주인 없는 하얀 의자, 등을 시리게 하는 침대, 뜨거운 물이 담긴 주전자, 불빛에 얼룩진 그림자 모두 말 없이 극악했다.

나의 소박한 행복의 욕망은 다 어디로 가버린 것일까?

이 겨울 얼음장 같은 아스팔트 위를 느리게 걷고 싶다는 생각을 했다.

도시의 잿빛 냉기가 온몸에 감겨왔다. 사거리에 멈춰 서서 금방이라도 눈이 내릴 것만 같은 희뿌연 하늘을 올려다보았다.

'언제쯤이면 오려나….'

오지 않을 것을 알면서도 시간을 견디며 기다리는 사람의 마음은 참으로 허망하고 쓸쓸한 것이었다. 허망함에 더 무거워진 다리를 끌고 한참을 걷다가 지쳐서 지나가는 택시에 몸을 실었다.

"어디로 갈까요?"라고 물었을 때 잠시 깊은숨을 내쉬었다.

'제일 행복했던 곳으로. 사랑하는 사람 곁으로 데려다주세요…. 내가 웃고 있었던 날들로….' 속으로 읊조리며 조용히 택시에 올랐다. 잠시 후 택시는 병원 문 앞에 나를 데려다 놓았다. 커다란 유리문을 마주하자 걸음을 돌리고 싶었다. 후덥지근한 공기에 섞여 실내에 둥둥 떠다니는 소독약 냄새는 저절로 인상을 찌푸려지게 했다. 벽면 모니터에 적힌 선명한 이름을 멍하니 바라봤다. 가슴에 들러붙은 불덩이와 사람이 들여보낸 불덩이를 태워야 할 시간이었다.

시간의 탄성력

시간의 탄성력

　암은 나를 죽음의 매우 가까운 경계까지 마주 세웠다. 과거 내 주위에서 죽어간 사람들의 핏기 없던 얼굴 위로 내 얼굴이 겹쳐진 꿈을 꾸기도 했었다. 아프게 살아가라고 주어진 삶은 아닐 텐데…. 이 아픔이 내게 하고자 하는 말이 무엇일지 생각했다.

　내 운명은 상실과 결핍으로 시작되었다. 시간을 마음대로 할 수 있다면 아득한 절망으로 기억된 시간을 힘껏 잡아당겼다 놔버리고 싶다. 그러면 상실과 결핍의 시간이 현재를 건너뛰고 저 멀리 어딘가에서 사라져버리지 않을까. 실없는 상상이었지만, 지금 내겐 필요한 상상이기도 했다.

바람이 지나가는 길

바람이 지나가는 길

바람이 따스하게 불어온다. 따스한 바람도 내게는 시리다.

밤이면 난, 잠 못 드는 상념의 무게를 덜어내려고 어두워진 골목길을 걷고 또 걷는다. 이 바람이 어딘가 내 갈 길을 알려줄지 모른다는 막연한 희망이 날 걷게 한다. 다시 살아갈 이유와 다시 사랑할 이유가 이 바람 속 어딘가 녹아 있진 않을까 한다.

운명 같은 이 시간에 고개 숙여 입을 맞춘다. 내 눈물의 이유가 내 삶의 이유가 되리라 믿는다.

아무 말없이 그저 주시는 대로….

애써 아무 것도 하지 않을 것이다. 운명 앞에서 나는 아무것도 아니므로.

엄마, 잃어버린 첫 번째 세상

엄마, 잃어버린 첫 번째 세상

사람들은 본능처럼 자신만의 세상을 추구해가며 살아간다. 그 세상을 통해 경험한 모든 것으로부터 '나'라는 존재의 정체성이 만들어진다.

나를 있게 한 첫 번째 세상은 엄마였으며, 두 번째 세상은 아버지였다.

너무 어려서 얼굴조차 기억할 수 없었을 적에 난 내 첫 번째 세상을 잃었다. 소중한 것을 잃는다는 것이 어떤 의미인지를 인식조차 할 수 없었을 당시에는 그것이 얼마나 큰 슬픔이며 아픔인지도 몰랐다. 머리가 크면서 당연히 있어야 할 자리에 엄마라는 존재의 영구적인 부재를 알아차렸을 때 무의식중에 깃든 허무가 몸의 성장과 마음 한편에서 자랐던 것 같다.

내게 엄마는 첫 페이지가 찢겨 나간 채로 이야기가

시작되는 책과 같았다. 실은 살면서 굳이 말하고 싶지 않아 스스로 찢어 감춘 이야기였다. 난 동정도 놀림도 원치 않았다. 엄마에 대한 기억은 어느 작은 것 하나도 남아 있지 않다. 그것이 다행인지 불행인지는 사실 잘 모르겠다. 추억하고 그리워할 수 있는 기억이라도 하나쯤 남아 있었다면 조금 덜 슬프고, 조금 덜 아팠을까? 아니면 애초에 없던 기억에 막연한 그리움만 남아서 조금 덜 슬프고, 조금 덜 아팠던 것일까? 어떤 쪽이든 명백한 사실은 애초부터 엄마에 대한 기억이 전혀 없었다는 것이다.

그려지지 않는 엄마 얼굴을 상상해보며 '동그라미 그리려다 무심코 그린 얼굴⋯'이라는 노랫말을 혼자서 소리 없이 읊조려 보고는 했다.

엄마의 빈자리를 알아차릴 나이가 되자 가족들은 내가 받을 슬픔을 최대한 늦추기 위해 애써주었다. 집안에서는 엄마란 말이 금기어였지만 차츰 엄마가 괜찮은 어떤 집안의 사람이었다는 이야기를 겨우 들을 수 있었다. 그 후로 엄마가 곁에 있었더라면 어땠을까 하는 생각을 종종 해보게 되었다.

엄마를 대신해 지극정성으로 길러주신 할머니와 가족

들의 사랑 덕분에 나는 밝고 건강하게 자랐다. 다만 막연했던 그리움은 커갈수록 흐려지지 않고 오히려 내 안에 가시가 되어 나를 찔러댈 때도 있었다. 나이를 더해가도 슬픔은 무뎌지지 않았다. 누군가를 절실히 사랑하고 다른 형태의 그리움을 알게 되면서 대체될 줄 알았던 감정들은 오히려 그와 더불어 더 커지고 깊어져만 갔다.

살면서 힘든 일들로 몸과 마음이 지치는 날들이 엄마의 가슴과 품을 더욱 그립게 했다. 혼자서 그렇게 그리워하다 지치면 체념하게 되는 일이 내 의지와 상관없이 반복되었다.

어른이 된 지금도 엄마를 큰 소리로 불러보고 싶은 날들이 있다. 마음으로는 수없이 불러봤지만, 입 밖으로 꺼내놓을 수 없는 낯설고 어색한 타인의 말이 '엄마'였다. 누구에게 엄마는 너무 익숙한 존재일 테지만 내게는 불러보고 싶어도 단 한 번 제대로 불러보지 못한 애끓는 깊고 깊은 그리움의 말이었다.

엄마의 마지막 기억에 나는 어떤 모습으로 남아 있을까. 어쩌다 이런 생각을 했는지 모르지만, 생각해보니 정말 궁금했다. 이렇게 잘 컸는데…. 지켜주지 못하고 떠나야 한다는 사실에 얼마나 가슴이 아팠을까. 자식을 낳아보니 부모의 마음이 어떠했을지 너무나 잘 알 것 같다. 어여쁘게 자란 당신의 딸이 누군가를 만나 사랑하고 가정을 일구고 살아가는 모습을 보여 드릴 수 있다면 엄마도 당신의 슬픔에서 조금은 가벼워질 텐데….

엄마의 딸로는 살 수 없었던 내가 지금은 어느덧 세 아이의 엄마가 되어 있다. 첫아이가 태어났을 때는 엄마 생각이 나서 남몰래 많이도 울었다. 손을 대기조차 조심스러울 정도로 기쁘고 신기한 존재를 마주할 때마다 짧은 순간이나마 엄마도 이런 기쁨을 느꼈을 거라는 생각에 슬픔과 안도의 감정이 교차했다.

내가 그랬던 것처럼 세 아이에게도 내가 첫 번째 세상이 되어 주고 싶었다. 세 아이 역시 그렇게 생각해 준다면 좋겠지만, 어떤 엄마도 자식에게 내어준 사랑의 대가를 바라지는 않는다. 그러면서도 엄마 없던 내가 부족하지만 좋은 엄마가 되었는지 늘 자신에게 되묻는다. 내가 엄마로부터 받고 싶었지만 받지 못한 것들을 아이들에게 해주면서 스스로의 만족감으로만 살지는 않았는지, 사랑이라는 이름으로 말로는 아니라면서도 마음

으로는 무언가를 바라고 지나친 욕심을 부리지는 않았
는지, 주기만 하는 사랑에 대해 보상받고 싶은 것은 아
니었는지, 지금 가진 모든 것들이 당연하다 생각하지는
않았는지를 생각해 본다.

끝도 없는 욕심이 솟구칠 때는 내 아이들이 충분히
사랑받았다고 느끼며 무엇보다 마음 따뜻한 사람으로
자라나 주면 그것으로 그저 감사하자고 자신을 다독인
다.

지금도 예쁘고 좋은 것만 보면 엄마 생각이 난다. 그
런 나를 두 딸이 다독여준다. 이 예쁜 아이들이 나를
살아가게 하는 엄마의 선물이라고 생각한다. 엄마가 나
를 세상에 내놓았듯이 내가 세상에 내놓은 아이들의
웃음이 치유이자 행복이며 엄마를 대신한 행복이다. 못
다 쓴 내 엄마와의 시간까지 아이들 곁에서 아낌없이
쓰고 사랑하며 오래도록 곁에 머물러 주고 싶다.

곁에 없지만 내 엄마는 여전히 나의 첫 번째 세상이
다. 사랑하는 딸들에게 나 역시 첫 번째 세상이 되어
줄 것이다.

내가 처음 죽던 날

내가 처음 죽던 날

나에게 돌아가고 싶은 과거를 묻는다면 서슴없이 대답할 수 있는 장면이 있다. 오래전 어느 겨울 기억에서 지울 수 없는 날로.

그날 막바지로 접어든 한파에 몹시도 떨었던 기억이 난다. 전화벨이 울려 무심결에 수화기를 집어 들었다. "너희 아버지가….” 소름 끼칠 정도로 아득한 무언가를 들었는데 그 말이 머릿속에서만 맴돌 뿐 이해가 되질 않았다. 잠시 후 울부짖는 소리가 수화기 멀리서 들리기 시작했고, 흩어졌던 문장들이 차곡차곡 열을 지어가며 맞춰졌다.

"아버지가…돌아…가셨어.”

순간 숨을 쉬기 힘들었다. 갑자기 수화기 속 목소리가 굉음이 되어 귓전에 쩌렁쩌렁 울리는 것 같았다.

　누군가 전화기를 낚아채고 다급히 어떤 말을 쏟아냈는데 나는 그게 무슨 말인지 알아들을 수 없었다. 찢어지는 소란의 소용돌이 속에 수화기를 든 양쪽은 아수라장이 되었다.

　그날 아침에 분명히 살아 있는 아버지를 봤었는데! 할머니 댁에 나를 남겨 두고 아버지는 다른 삶으로 돌아갈 때마다 미안하다 하셨는데! 그날도 미안하다 하시며 가셨는데! 그때는 그 말이 마지막 말이 될 줄은 정말 꿈에도 몰랐다. 나에게 그런 일이 또 일어나면 절대로 안 되는 거였는데. 엄마 없이 아버지를 마음에 붙잡아 두고 살던 나에게 그렇게 가혹하면 절대로 안 되는 거라고 미친 듯이 울고 또 울었다. 교통사고였다. 그 당시 아버지는 사업상 서울에서 부산으로 거처를 옮긴 상태였다. 홀로 있을 아버지에게 되도록 빨리 가야만 했다. 우리 아버지가 혼자서 무섭지 않을까! 짧은 순간 수많은 생각이 교차했다.

　병원에 도착했을 때 머리는 깨질 듯이 아파서 속에 있는 것들을 모조리 토해냈다. 다리는 후들거려 제대로 디뎌지지 않아 걷기도 힘들었다. 멍하니 앞을 바라보니 길게 뻗은 낡고 좁은 어두운 통로가 영안실로 들어가는 입구인 듯했다. 아버지 걱정을 하며 달려왔으면서도 그 순간은 너무 무서워 도망치고 싶었다. 아버지가 그렇게 낡고 허름한 곳에 누워 있다는 것이 믿기지 않았다.

어둡고 휑한 영안실 복도를 가득 메우던 내 울음소리를 잊을 수 없다. 천장에 부딪혀 울리던 사람 발소리는 두려운 공포로 남아 가끔 그날의 기억이 떠오르는 날이면 가슴을 움켜쥐게 한다. 우리 예쁜 딸 어디 내놓기도 아깝다 하시고, 작은 얼굴 쓰다듬어 주시며 미안하다시던 말이 이제는 껴안을 수 없는 아버지처럼 껴안을 수 없는 말이 되어 환청으로만 들려온다.

인명은 재천이라는 말을 믿는다. 아버지의 죽음도 그가 가진 운명이며 하늘의 뜻이기 때문에 내가 할 수 있는 일은 없었다는 것을 잘 안다. 다만 과거로 돌아갈 수 있다면 마지막으로 아버지 얼굴을 한 번 보고 싶다. 아버지 얼굴을 마지막으로 볼 수 있었던 그날은 어둡고 침침한 곳에 꼼짝 안 하고 누워만 있는 아버지가 무서워서 도저히 용기가 나지 않았었다.

영원히 마지막이 될 아버지 얼굴을 한 번 만져보고 싶었는데 마음과 달리 그러지 못한 것을 두고두고 후회했다. 아버지에게 죄스러운 마음을 남겼다.

이후에 가족들은 오히려 잘한 일이라고 했다. 어쩌면 핏기 없이 딱딱하게 굳은 창백한 얼굴을 아버지의 마지막 모습으로 평생 기억하며 가슴에서 덜어내지도 못하고, 무겁게 끌어안고 살았을지도 모른다.

그날 아버지를 잃은 것은 비단 나만은 아니었다. 나보다 한 살 많은 오빠 그리고 나와 오빠보다 훨씬 어린 아버지의 또 다른 아들과 딸. 아버지의 죽음이 어떤 것인지 잘 모르던 그 어린 것들이 나만큼이나 가여워 보듬어 주고 싶었다.

그날 같은 슬픔을 갖게 된 우리는 같이 울었고, 아버지를 위해 새하얀 검은 옷을 입었다.

벗지 못할 그 옷이 여태껏 몸과 마음에 휘감겨져 있다.

월야상사
:
사람들이 잠 못 이루는 이유를 보면 가장 소중한 것이
무엇인지를
가장 두려운 것이 무엇인지를 알 수 있다.
가장 소중한 것을 잃는 것이
가장 두려운 일이라는 것을 알기에 잠 못 이루는 것이다.
잠 못 이루는 달밤에 밤은 더 검고 달은 더 희다.

잃어버린 두 번째 세상

잃어버린 두 번째 세상

겨울의 메마르고 차디찬 땅에 아버지를 묻어야 했던 날, 울다 지쳐 눈물이 마르고 말라서 눈이 시렸다. 눈물을 훔치던 자리에 살이 다 텄는데 바람이 훑고 지나가자 타들어 가는 통증이 살 속을 파고들었다. 앙상한 가지를 매단 나무들 사이를 지나는 바람은 마른 땅을 두드리던 울음소리마저 삼켜 버렸다. 소리 내어 마음껏 우는 것조차 허락되지 않아 숨죽여 입을 틀어막고 울먹이며 아버지와는 다른 세상에 발을 딛고 서 있었다.

얼어버린 붉은 흙덩어리에 엉겨 붙어 있던 마른 흙들이 파헤쳐지고 땅 위로 내던져졌다. 맞은편 산속 깊은 곳에서부터 들려오던 꿩의 울음소리가 서글픈 적막을 더욱 애끓게 했다.

엄마 없이도 부서지지 않았던 나는 그때 처음으로

부서지고 있었다. 내가 지키고 싶었던 모든 것들이 아버지를 묻던 땅의 마른 흙처럼 힘없이 무너져 내리고 흩어져 버렸다. 풀 한 포기 남아 있지 않던 한겨울의 황량한 들판에서 불어오던 시린 바람은 제멋대로 작은 가슴 안으로 헤집고 들어와 마지막 남은 한 줌 온기마저 처절하게 빼앗아 갔다. 그렇게 빼앗기고 부서진 채로 차갑고 마른 땅에 아버지를 홀로 남겨두고 돌아왔다.

아버지를 떠나보내고 남겨진 가족들의 슬픔은 몸과 마음을 지칠 대로 지치게 했다. 잊히지 않을 슬픔을 시간에 기대어 살아내고 있었다. 그 겨울의 지독했던 매서움과 시린 바람은 매해 겨울마다 어김없이 찾아와 나를 움츠러들게 하고, 시리게도 아프게도 한다.

그래서 나는 겨울과 지나가는 겨울을 품은 봄을 유독 싫어한다.

아버지가 죽던 날 나도 죽었다.

그로부터 오랜 시간이 지난 후에 당시 잃어버린 것이 아버지만은 아니었다는 것을 알게 되었다. 돌이킬 수 없는 중요한 것을 잃어버렸다는 걸 뒤늦게 알았다. 무엇이든 평생토록 내가 원하는 것을 선택할 수 없게 되었다. 모든 선택권이 아버지의 죽음과 함께 박탈되었다. 그것으로 바뀐 인생이 현재의 삶을 내게 주었다.

행복과 불행을 떠나서 아버지가 그렇게까지 일찍 돌아가시지 않았다면 어떤 모습이든 분명 지금과는 다른 모습의 인생을 살고 있을 것이다. 애초에 기억에 없는 엄마와는 달리 아버지는 짧지만 잊을 수 없는 기억을 남겨 주셨다. 남겨진 기억을 담고 아버지가 그리운 날, 사람 때문에 마음 아픈 날, 곁에 없는 이가 보고 싶은 날, 그날처럼 가슴이 부서지는 날, 아무에게도 말할 수 없는 내 이야기를 하고 싶은 날은 아버지에게로 갔다. 살아 계실 때 그립고, 보고팠던 아버지는 돌아가신 뒤에도 그립고, 보고 싶다는 말로는 설명이 안 되는 다른 무엇이 되었다.

아버지처럼 내가 사랑했던 한 사람도 말로는 설명이 안 되는 그 무엇이 되었다. 아버지에 이어서 나의 세 번째 세상이 되어 주었던 그의 눈을 통해 세상을 바라보고 나 자신을 바라보았다. 그의 말을 신념처럼 세상의 전부처럼 믿고 시간을 살았다. 슬픔으로 웃음을 잃어버렸던 나에게 그는 눈물을 웃음으로 만들어 주었다.

어느 날 영원할 것 같던 시간이 예기치 않게 한순간에 끝나 버렸다. 지키고 싶었던 것을 지키지 못한 자신을 탓하고 원망하며 또 하나의 애환이 되어 불면의 밤을 안겨다 주었다. 그렇게 사랑했던 사람도 나를 떠나갔다. 아니 내가 떠나보냈다.

그래서 아버지가 죽던 날 죽었던 나는 그때 다시 한번 죽어야만 했다. 지나간 마음도 남겨진 마음도 이제 혼자 감내해야 할 쓸쓸함이 되었다. 그때마다 갈 곳 없던 나는 아버지가 계신 곳을 찾았다.

그런 내 모습을 보며 아버지도 얼마나 많이 마음이 아프셨을까. 또다시 혼자 외로울 당신 딸이 얼마나 가엾고 안쓰러웠을까.

아버지와 그를 생각하며 복받쳐 눈물로 쓴 짧은 이 글을 끝내고 나면 아버지에게 갈 것이다. 아버지가 계신 곳은 지난 세월만큼 나무들이 울창하게 자라서 계절마다 아름답다. 어린 시절 아버지가 그리워 매일 아카시아 아래에서 기다렸던 나처럼 창문 너머로 당신 딸이 오는 길을 내다보며 기다리셨을 아버지에게 그동안 못다 한 이야기를 들려 드려야겠다.

지금 내게 열린 새로운 세상에 대해서 이야기해

드려야겠다.

잃어버린 것들이 그리워서 슬프고 외롭지만 그나마 외롭지 않은 날을 살 수 있으니 걱정하지 마시라고 이야기해 드려야겠다. 이 짧은 글들이 다 완성이 되는 날은 당신에게 제일 먼저 가지고 갈 것이다. 얼마나 기뻐하실 지를 생각하며 죽었던 내가 다시 살아갈 이유를 찾는다. 부질없는 그리움이라도 소망 없는 그리움이라도 품어보는 것만으로 살아갈 힘을 얻는다.

"나의 첫사랑 아버지, 잃어버린 나의 두 번째 세상 아버지.

당신의 웃는 얼굴을 마지막 장면으로 기억합니다.

이번 생에서의 시간은 비록 짧았지만 기나긴 여운으로 남아 소중한 추억이 되어 그날 당신과 함께 죽었던 나를 다시 살아가게 합니다.

당신의 어여쁜 딸을 위해 오늘도 그곳에 있는 나무들이 소리 없이 잘 자라나게 해주세요.

사랑할 수 없을 만큼 사랑합니다.

나의 아버지.

나의 당신…"

아버지 계신 곳

아버지 계신 곳

아버지가 나를 기다리며 내려다보고 있었을 창 너머 아스팔트 위에 봄날이 지나간 흔적으로 남겨진 하얀 꽃 잎도 한때는 살아서 찬란하게 한 시절을 살았었다.

유난히 처량한 발소리가 바닥을 타고 낮게 깔렸다. 구두굽이 바닥에 닿을 때마다 '타닥' 하는 소리가 튕기듯 허공으로 올라서다 급히 물러가며 멀리 옅어졌다. 하얀 대리석 바닥의 냉기는 살아 있는 이들의 것이 아니었다. 텁텁한 먼지 냄새 가득한 곳, 살아 움직이는 사람들의 발끝에서 이리저리 치인 먼지가 구석구석 처박혀 있다가 문으로 들어선 작은 바람에 사방으로 나풀거리다 주저앉았다. 발길이 닿지 않아 주저앉은 먼지가 그대로 쌓인 곳은 아무도 찾아주지 않는 죽은 이가 홀로 오래된 외로움을 새긴자국이었다.

　말 없는 저들의 세계에서 서열은 어떤 방식으로 정해지는 것인지 모르겠지만, 그와 상관없이 살아 있는 이들의 편리 때문에 무신경하게도 칸칸이 나뉘어서 아주 작은 공간 안에 고요히 잠들어 있는 그들의 하루가 애처로웠다. 안이 훤히 들여다보이는 핏기 없는 투명한 유리창에다 손을 대본다. 한여름에도 얼음장처럼 차디찬 내 손보다 더 차갑다. 흰 백자 항아리는 커다란 아버지의 조그만 집이 되었다. 큰 키에 피부는 검었던 아버지가 저렇게 작고, 하얀 항아리 안에 한 줌으로 담겨 있는 것을 볼 때마다 숨이 막혀 온다.

밤

밤이 깊어 당신이 더 많이 그립다.

꿈

꿈에 혹여 당신을 만날지 모른다.

그래도 잠 못 이루는 불면의 밤은

당신을 내 곁에 데려다주지 않는다.

그날 그곳에서

꿈을 꾸다가 뒤척이며 잠에서 깼다. 버리지 못한 상념 탓인지 어떤 것에 대한 생각이 깊어지는 날은 어김없이 더 그렇다. 마음이 부서지고 힘들 때마다 생각나는 사람은 아버지였다. 지나온 삶의 중요한 순간마다 아버지를 떠올리면 꿈에서라도 만나졌다. 그리워 잠 못 드는 밤이면 꿈에서라도 찾아와 위안을 주었다. 그런 다음 날은 어김없이 아버지를 보러 갔다.

그리운 날, 어디론가 가고 싶은데 갈 곳 없는 날은 혼자 섬진강 휴게소에 갔다. 살아 있던 아버지가 전화기 너머로 마지막이 될지 몰랐던 당신의 말을 엄마에게 마지막으로 남겼던 곳.

그 말을 전해들은 날 이후로 섬진강 휴게소를 지날 때마다 공중전화 부스 안에서 전화기에 대고 무슨 말이라도 하고 있었을 그날의 아버지를 더듬어 찾는다. 그마저도 내게는 의미였다. 대낮의 어느 날 섬진강 휴게소에 앉아 혼자 라면을 먹었다. 그릇에다 얼굴을 파묻고 고개를 들지 못했다. 라면이 너무 맛없어서 눈물이 났다. 애써 기억하지 않아도 내 안에 그대로 있는 것을 맛없는 라면 그릇에 다 덜어냈다. 덜어내도 덜어지지 않는 그 기억을 어쩔 수 없이 또 다시 주워 담아야만 했다.

밤이 깊은 지금 섬진강 휴게소 라면이 먹고 싶어진다. 어쩌면 우연히도 당신을 만날 수 있을지도 모른다. 만약에 내가 또 울지 않는다면 말이다. 오늘은 맛이 어떨지 궁금하다. 퉁퉁 불은 라면을 눈물과 함께 삼켜야만 했던 그날보다는 맛이 있을 테지….

혼자서 울지 말라고 했던 말.
혼자서 아프지 말라고 했던 말.
계절이 가져가 버린 너의 말을 이제는 들을 수 없어서
혼자서 울고 혼자서 아프지만
그런 나와는 상관없이
계절은 슬프게도 지나가고 계절은 아름답게도 돌아온다.

아버지의 선물

아버지의 선물

　아버지가 남겨 주신 몇 개의 물건과 몇 개의 기억은 크기와 깊이를 가늠할 수 없는 인생의 소중한 선물로 남겨져 있다. 우리는 삶의 순간들을 머릿속에 기억하고, 가슴속에 간직하고, 몇 장의 사진으로 추억한다.

　사진 속 시간은 언제나 멈춰 있다. 아버지와 찍은 몇 장 안되는 사진에도 추억하고 싶었던 순간이 멈춰 있다. 중학교 졸업식 때 찍은 사진이 아버지와 단둘이 찍은 처음이자 마지막 사진이 될 줄은 몰랐다. 그날 졸업식장에 흔하지 않던 자가용에 운전기사까지 대동해서 오신 아버지를 모두에게 자랑하고 싶었다. 우리 아버지는 대단한 사람이라고 그때 허세라도 실컷 부려볼 걸 그랬다.

　눈이 많이 내리던 어느 겨울날, 오빠, 동생들, 사촌동생들과 함께 장위동에 있는 공주릉(지금은 북서울 꿈의 숲)에 갔었다. 시골 할머니 댁에 살면서 눈 구경을 제대로 해본 적이 없었던 터라 발목까지 푹푹 빠지는 솜사탕 같은 눈을 보며 마냥 좋아했다. 눈밭에서 마구 뒹굴어 보고, 눈사람도 만들고, 눈싸움도 했다. 평상시 장난 걸기 좋아하고 웃음도 많으신 아버지는 당신이 더 신나서 눈뭉치를 굴렸다.

나뭇가지마다 수북이 쌓인 눈이 바람에 흔들릴 때마다 눈은 밀가루처럼 허공에서 부서졌다. 그때 허공에서 눈과 웃음이 뒤섞인 귀한 사진 한 장이 남았다. 피부가 검어서 더 희게 보이던 이를 드러내고, 당신 키만큼이나 커다랗게 웃던 아버지의 웃음이 하얀 눈 위에 소복이 내려 쌓였다. 포근하게 쌓였던 하얀 눈은 햇빛에 녹아 흔적 없이 사라졌지만 눈 위에 쌓였던 아버지의 웃는 얼굴은 기억 속 마지막 장면으로 선명하게 남아 있다. 선물처럼….

내가 가진 두 장의 아버지 사진을 항상 지갑에 넣고 다녔다. 언제든지 사진 속 웃는 아버지를 볼 수 있어서 좋았는데 어느 날 복잡한 버스 안에서 지갑을 잃어버리고 말았다. 다른 것들은 불편을 감수하면 그만이었지만, 아버지 사진은 다시 내게 돌아오지 못했다.

아버지가 젖은 곱슬머리를 드라이어로 말릴 때마다 나는 딱 붙어 아버지를 올려다보았다. 유난히 시끄러운 소리에 멍해져 있다 보면 얼굴에다 여지없이 바람을 날리셨다. 아버지 스킨로션 냄새가 밴 뜨거운 바람이 정면으로 들이닥치면 피할 새도 없이 숨이 막혀 컥컥거렸다. 그런 나를 보고 장난기 어린 웃음을 지으시던 모습을 떠올리며 어린 조카들에게도 아버지가 했던 것처럼 해본다. 아버지가 웃듯이 나도 웃는다.

아버지가 돌아가시기 바로 직전 고등학교 졸업 선물로 만년필과 시계를 사주셨다. 문방구에서 흔히 파는 투명한 펜대에다 뾰족한 펜촉을 끼워 글씨 쓰기 좋아하던 것을 보시고 사주신 파카 만년필이 나의 첫 번째 펜이 되었다. 펜과 시계는 아버지의 마음을 담고 나와 함께 시간을 달리며 낡을 대로 낡았지만, 마음만은 낡아진 시간만큼 깊어지고 애틋해졌다. 지금도 만년필을 즐겨 쓰는 이유 중 하나이기도 하다.

가끔 오래된 만년필을 꺼내 보면 작은 손이 그때보다 조금은 더 자랐는지 얇고 작은 펜이 손안에서 미끄러지지 않게 하려면 힘을 꽉 줘야 한다. 오랫동안 손목에서 나침판처럼 내가 보는 세상의 시간을 가르쳐 준 시계의 시계 줄도 많이 낡았다. 지금까지도 낡은 그 느낌이 좋아서 그냥 그대로 가지고 있다. 낡은 시계 줄이 그때보다 낡아 버린 내 모습 같기도 하지만 그 안에 담긴 세월과 시간의 흔적은 만질 때마다 고스란히 느껴진다.

그래서 좋다.

그것은 무엇으로도 바꿀 수 없이 소중하고 애틋해져서 기분이 좋아지게 하는 아버지의 스킨로션 냄새 같은 것이다.

아버지가 부산에 계실 때 방학이 되면 놀러 가곤 했는데, 중학생이던 마지막 겨울방학 때는 용감하게 혼자 부산을 갔었다. 동생들과 동네 여기저기를 제집처럼 쏘다니며 신나게 놀다 지쳐 잠이 들었다. 그러다 잠결에 문을 열고 들어오시는 아버지의 기척을 느꼈지만, 비몽사몽 눈을 뜰 수 없었다. 꽤 늦은 시간이었던 것 같다. 동생이랑 나란히 누워 잠이 들어 있었는데 별안간 곁으로 오신 아버지가 흐느껴 울기 시작하셨다. 남아 있던 잠에서 완전히 깨어나 몸도 마음도 죽은 이의 그것처럼 뻣뻣해져 어찌할 바를 모르고 있었다. 아버지에게서 술 냄새가 풍겨왔지만 싫지는 않았다. 그마저도 내게는 그리운 냄새였다. 눈물로 축축해진 뜨거운 볼을 내 볼에 갖다 대고 연신 눈물을 흘리시던 아버지…. 지금도 뜨거운 아버지의 눈물… 미안하다, 미안하다 하시던 속죄 같던 당신의 말이 내게는 또 하나의 껴안을 수 없는 말이 되었다. 내 볼도 눈물로 축축해지고 덩달아 뜨거워졌지만, 다행히도 아버지의 술기운이 그것을 감추어 주었다. 눈을 꼭 감고 잠에서 깨어있다는 것을 들키지 않으려고 이불 속 손과 발에다 힘껏 힘을 주고 있었다.

억만 겹의 시간이 이불 위로 무겁게 겹겹이 쌓였다가 지나고 있었다. 한참을 그렇게 눈물로 잠든 당신 딸을 쓰다듬어 주시던 아버지가 방을 나서고 문 닫는 소리가 날 때까지 꼼짝도 할 수 없었다. 한 번도 내보이지 않았던 허전한 마음 아주 깊은 밑바닥이 아버지가 흘리신 눈물과 내 눈물로 채워지고 있었다. 그것으로 많은 날이 더는 허전하지 않을 것 같았다.

아버지는 술기운을 빌어 곧 잠이 드신 듯했지만, 무거운 이불을 덮고 그 밤 내내 잠들 수 없었던 것은 나였다. 창밖이 밝아져 오는 것을 보고서야 겨우 잠이 들었다. 여느 때처럼 잠자리를 정리하시던 엄마의 목소리가 들려왔다. 애들 옆에 당신 라이터가 떨어져 있다고, 라이터가 왜 거기 있는 건지 모르겠다고 하셨다. 아버지도 나도 아무 말도 하지 않았다. 밤새 깊이 잠들어 아무것도 모르던 동생도 그 누구도 간밤에 있었던 일을 알아서는 안 되며 혹시 눈치라도 챌까 봐 걱정하면서 지은 죄도 없이 가슴이 두근거렸다.

내 작은 볼이 모자랐던 아버지의 뜨거운 눈물은 평생 혼자 간직하고 싶은 소중한 비밀이 되었다. 그날 밤의 일은 또렷하고도 선명하게 남아 아버지를 떠올릴 때마다 허전한 가슴을 따뜻한 온기로 가득 채워 미소 짓게 해주었고, 그러다가 또 그리워지는 날은 데일 듯이 뜨거웠던 눈물이 가슴으로 흘러들어와 시리고도 아프게 했다. 가슴이 얼어붙을 것 같은 날은 아버지가 주신 뜨거운 눈물을 꺼내서 한 방울 흘려보내면 그날의 온기로 따뜻해졌다.

그렇게 아버지는 당신 몫의 삶까지 살아가게 하시려고 또 하나의 소중한 선물을 내게 남겨놓으셨다고 생각한다.

아버지는 아직도 모르신다. 그날 밤 깨어있었던 나를. 그렇게 영영 모르셔야 했다. 이제는 아버지에게 이렇게 그날을 이야기하고 있다.

아버지가 남겨주신 몇 편의 장면들이 내 인생의 소중하고도 특별한 선물이 되어 있다.

만져지거나 만져지지 않는 몇 편의 조각으로 아버지에게 받은 사랑을 기억하고 추억할 수 있어서 슬프고 그리운 시간을 견딜 수 있었다.

'에밀 아자르'는 『자기 앞의 생』이라는 책에서 부모에게 버림받고 사랑하는 사람을 잃은 열네 살 소년 모모를 통해 슬픈 결말로도 행복해질 수 있다는 것을 이야기한다. 아픔과 상처를 안고 사는 사람들, 세상으로부터 소외되고 밑바닥 인생을 살아가는 사람들, 보잘것없는 삶에 괴로워하는 사람들에게도 설령 그들이 모른다고 할지언정 단 한 조각의 사랑이라도 반드시 남겨져 있다. 그 사랑의 힘으로 각박하고 모진 외로운 세상을 슬프지만, 행복하게 살아갈 수 있다는 것을 잊지 않으면 조금은 살아갈 날들이 희망이 되어 줄 것이라 믿는다.

나 역시 너무 일찍 알아버린 인생의 슬픔과 남겨진 사랑을 통해 '에밀 아자르'가 이야기한 슬픔도 행복이 된다는 것을 누구보다 잘 알게 되었다.

　아직도 아버지의 빈자리가 아쉽고 그립지만, 눈에 보이지는 않아도 충분히 느껴졌던 사랑을 소중한 선물로 남겨주신 것에 감사한다. 그로 인해 시리고 아린 가슴을 아버지가 남겨주신 추억이라는 선물로 따뜻하게 보듬어 가며 살 수 있다는 것이 슬프지만, 행복한 나의 이야기이다.

　그를 기억하고 추억할 수 있다는 것으로 가슴 한쪽이 따스해짐을 느끼며 여전히 그 시절을 한없이 그리워하며 선물 같은 오늘을 살아간다.

아주 오래전부터 소중한 것을 잃어버리기만 했다.
습관처럼 잃어버리기만 했다.
바보처럼 지키지도 못할 것을 원하기만 해놓고도
또 혼자 착각을 했다.
잃어버리고도 내 것이라고 착각을 했다.

엄마라고 불리던 엄마

엄마라고 불리던 엄마

나는 지금도 가족이라는 이름으로 남아 있어 준 동생들과 엄마에게 진심으로 감사한다. 그 가족이라는 이름이 불완전하고 불안정하더라도 말이다. 어쩌면 평생 불러보고 싶어도 불러볼 수 없었던 이름인 엄마를 몇 번이라도 불러볼 수 있게 해 준 것만으로도 내겐 감사한 일이었다.

교육자 집안에서 곱게 자란 데다 얼굴도 안 보고 데려간다던 셋째 딸이었던 엄마. 하루아침에 내게 동생과 엄마가 동시에 생겼지만 나는 하얗고 예쁜 얼굴을 한 여인을 엄마라고 서슴없이 불렀다. 동생들의 엄마를 난 무척 좋아했다. '나도 엄마쯤은 있어!'라고 세상에 보란 듯이 외치고 싶었던 것인지도 모른다.

엄마는 그런 내 마음을 누구보다 잘 알고 계셨다. 우

린 가족이라는 이름으로 서로를 단단히 묶고 싶어 했다. 엄마는 나를 볼 때마다 바르게 잘 자라줘서 대견하다고 하셨다. 아버지가 돌아가신 후에도 친가에서 멀어지지 않도록 내가 할 수 있는 한 최선을 다했다. 집안의 대소사가 있을 때마다 다른 가족들과 보이지 않는 불편함을 중재하고 직접 나서 연락하고 참석시키기도 했다.

대학을 졸업한 후 밖에서 사람들과 부대껴보니 전에는 미처 닿지 못했던 엄마의 외로운 삶이 조금씩 보이기 시작했다. 나도 나이를 먹고 세 아이의 엄마가 되고 보니 더욱 마음이 쓰였다.

언젠가 동생들을 보러 갔던 날, 빈방에서 조용히 눈물을 훔치는 엄마의 모습을 본 적이 있다. 행여나 울음이 새어 나갈까 방 안을 가득 메워 흐느낌을 감춘 그 노래가 지금도 내 뮤직 스토리에 담겨 있다. 아버지가 돌아가신 후 젊은 여인이 엄마라는 이름으로 견뎌야 했던 현실이 얼마나 막막하고 무거웠던 것일지 이젠 느낀다. 나도 나이를 그만큼 먹은 것이다.

아버지를 황량한 겨울 벌판에 남겨두고 돌아왔을 때도 소리 없이 울고 계셨다. 시간이 지나도 잊히지 않는 아픔을 견뎌내야 했던 날들은 바람에 꽃잎이 날려 흩어질 때마다 엄마를 더욱 애처롭게 했다. 이제는 셀 수도 없이 하얘진 머리카락 위로 내려앉은 투명한 눈물방울에 그리운 사람이 방울방울 담겨 흘러 내려오고 있을 것이다.

잊히지도 않는 긴 그리움을 붙들고 버텼을 세월을 생각하면 이젠 같은 여자로서 숙연함을 느낀다. 엄마와 나는 같은 그리움 위에 각자의 다른 그리움을 더해 아버지를 생각하며 살았다. 끝나지 않을 그리움을 껴안고 사는 하루가 안녕하기를 그저 온 마음 다해 빌 뿐이다.

아버지가 남겨준 내 동생

아버지가 남겨준 내 동생

어렴풋하게 일말의 의혹처럼 안개에 싸였던 일들이 어느 시기가 되면 자연스레 안개가 걷히고 그 뒤에 감춰진 진실이 선명하게 드러날 때가 있다. 나와 오빠 그리고 두 동생과의 관계가 그렇다.

아무도 설명해 주지 않아서 어린 시절에는 잠시 한집에 함께 살았던 동생들의 엄마가 당연히 내 엄마인 줄 알았고, 두 동생 역시 내 동생이라 생각하며 자랐다. 물론 동생들도 어느 정도 클 때까진 그렇게 생각했을 것이다. 어린 시절 우린 잘 지냈었고, 보통의 형제자매와 다를 바 없이 할머니 집 마당을 놀이터 삼아 사방놀이, 구슬치기, 술래잡기, 고무줄놀이, 전쟁놀이를 하면서 신이 났었다. 그 이후 따로 떨어져 살게 되면서 멀어진 거리만큼이나 낯섦과 어색함이 그 틈에 끼어들었다.

　서울에서 쭉 살았던 동생들은 아버지가 부산에서 새
로운 일을 시작하게 되면서 함께 옮겨갔고 아버지가 돌
아가실 때까지 그곳에서 살았다. 나도 방학 때가 되면
부산에 놀러 가곤 했지만 아버지와 떨어져 사는 것에
대한 막연한 불안함이 갈라진 손끝처럼 불편했다.

　명절이 되면 아버지 가족들을 맞이하기 위해 할머니
는 음식 장만에 여념이 없었고, 그런 와중에도 당신 아
들이 좋아하는 음식들은 빼놓지 않고 준비하셨다. 그
런 할머니의 마음과 아버지와 동생들을 기다리는 내
마음은 다르지 않았다. 명절 때는 지금보다 더한 교통
대란이었다. 출발을 알리는 전화와 중간중간 휴게실 공
중전화로 현재 위치를 알려오면 마음이 급한 나는 어둠
이 드리워진 골목길 어귀를 서성이며 하염없이 길 끝을
바라보며 기다리곤 했다.

　어느 해 추석에는 아버지를 기다리다 졸린 눈 비벼 가
며 버티다 깜박 잠이 들고 말았다. 잠결에 들려오는 시
끌벅적함에 묻어 있던 아버지 목소리를 듣고 잠에서 번
쩍 깨어났다. 주춤주춤 어색하게 밖으로 나가보니 할머
니의 넓은 부엌은 나를 제외한 나머지 가족들이 간만
의 만남으로 쏟아내는 이야기와 웃음으로 가득 차 있

었다. 차가 너무 많이 막혀서 늦었다느니, 꽉 막힌 자동차 행렬에 도시락을 차 안에서 먹어야 했다느니, 화장실 때문에 혼이 났다느니 하는 그런 이야기들이었다. 주름진 할머니 얼굴을 팽팽하게 잡아당기고 있던 웃음과 오랜만에 보는 당신 아들 바라보시느라 좋아서 다물어지지 않던 입속에서 유난히 반짝이던 금니가 기억에 남는다. 그들의 유쾌한 활기에 섣불리 발을 들여놓지 않고 지켜보는 것만으로도 마음이 따뜻해져 왔다.

더위가 한풀 꺾인 선선한 가을의 시작을 알리는 밤의 마른 공기를 몸에 가득 담고 오신 그리운 아버지를 보니 설레었다. 그때는 몰랐던 그런 설렘은 첫사랑과 같은 것이었다. 아버지를 기다리다 말고 그새 잠깐 잠든 것이 무슨 크나큰 잘못이라도 한 것처럼 가까이 가지도 못하고, 자다 깨어나 작은 맨발을 꼼지락거리며 멀찍이 떨어져서 빠끔히 내다보고만 있었다. 매일 그리웠으면서 정작 다가가지도 못하고 발가락만 꼼지락거리던 나를 보시고 어이쿠! 우리 딸! 우리 딸! 하시던 내 이름 같은 우리 딸이란 말은 아버지처럼 또 하나의 껴안을 수 없는 애처로운 말이 되었다.

그날 여동생은 아버지가 선물로 사줬다며 작고 귀여

운 강아지를 한 마리 안고 왔다. 동생 품에 안겨 있던 강아지는 내내 상전 대접을 받았다. 그때 그 강아지 신세가 나보다 나은 것 같다는 생각이 들어 은근히 심술이 나기도 했다.

어릴 적 나와 여동생은 곱슬머리에 선머슴 같은 모습도 닮아 같이 있으면 누가 봐도 친자매처럼 보였다. 아버지가 돌아가셨을 때 차마 나는 보지 못했던 아버지 얼굴을 그 아이는 겁도 없이 몰래 들어가서 보고 왔었다. 대단한 일이라도 한 양 목소리를 낮춰 말을 하는 얼굴에는 옅은 웃음기마저 돌았다. 아직 죽음이란 것이 무엇인지 모르는 철부지였다. 뭣도 모르고 까르륵거리는 아이들을 사람들은 애처롭게 바라보았다.

아버지가 돌아가신 이후로 우리는 각자의 삶으로 돌아갔다. 가끔 소식이 끊기기도 했지만, 우리는 남보다 가까웠고, 보통의 가족보다는 멀었다. 타국에 사는 남동생을 아주 오랜만에 만났을 때 아버지를 닮아 있어 뭐라 형언할 수 없는 기분이 들기도 했다. 특히 여동생과는 친자매 이상의 감정적 교감이 있었다. 사춘기가 되면서 방황도 하고 힘들어하던 동생이 나를 찾을 때면 득달같이 달려가고는 했다. 동생이 힘든 일을 겪을 때마다 아버지가 없다는 것이 이 아이를 괴롭히는 문제의 이유라도 될까 내 마음이 더 예민해지곤 했다.

지금도 동생은 자신의 삶을 자신의 방식대로 치열하게 살아내고 있다. 마음이 지치고 힘든 날 곁에 있어 주는 것만으로 위안이 된다면 난 언제든지 그렇게 해주고 싶다.

각자의 삶으로 바쁘게 지내면서 오랫동안 서로의 소식을 모르고 살기도 하고, 아주 가끔 만나기도 하면서 서로를 향하는 마음만은 여전하다는 것을 잘 알고 있다. 어디서 무엇을 하든 같은 슬픔을 가진 우리는 보이지 않는 끈으로 서로를 끌어당기며 의지하고 있다. 아버지가 남겨준 가족이라는 이름으로 엮인 덕분에 서로의 삶이 덜 외로울 수 있었다. 처음부터 동생들은 내 동생이었고 누가 뭐라고 해도 사랑하는 내 가족이다.

오늘 하루도 동생들의 삶에 따스함이 깃들길 진심으로 바란다.

따스했던 당신의 손

따스했던 당신의 손

　나는 못난 손을 가졌다. 자고로 미녀의 조건에도 섬섬옥수가 필수 조건이건만 손만 가지고 미녀가 된다면 나는 이미 틀려먹은 것이다. 그런 생각으로 내 손을 바라보고 있자니 웃음이 난다. 마디는 왜 그리도 굵은 건지 무슨 험한 일을 하고 사는 사람의 손 같다. 게다가 손가락은 희고 가늘게 쭉쭉 뻗은 것과는 거리가 멀고 새끼손가락은 유독 짧을뿐더러 언제인지도 모르게 다쳐서 약간 비틀어지기까지 해서 보기 싫다. 희고, 가늘고, 고운 예쁜 여자 손과는 거리가 멀어도 한참 멀다. 그래서 사람들 앞에서 손을 쫙 펼쳐 본 적이 없다. 의도적이라기보다 나도 모르게 그렇게 된다.

　못난 손에 대한 보상심리인지는 몰라도 호감을 느끼는 사람을 만나게 되면 어김없이 손을 보게 된다. 외모는 호감인데 손이 못났으면 매력이 반감된다. 그와 반대로 외모는 비호감인데 손이 곱고 예쁘면 다시 보게 된다. 이런 내 얘기에 친구들은 특이한 구석이 있다며 웃기도 했다.

어느 날 친구들이 뜬금없이 손 검사까지 끝냈다며 날 미팅 자리에 욱여넣었다. 그때 앞에 앉아 담배를 피우던 남학생의 가늘고 흰 긴 손가락이 아직도 기억난다. 내 손보다 예쁜 남학생의 손을 보며 탁자 밑으로 슬그머니 손을 감췄던 기억이 난다. 지금 생각하니 우습기 짝이 없다. 손이 예뻤던 그 남학생은 지금 무슨 일을 하고 있는지, 그의 고운 손은 무슨 일을 하는 데 쓰이고 있는지 문득 궁금해진다.

얼굴에 그 사람이 살아온 풍경이 담기듯이 손도 그럴 것이라 생각한다. 사람의 손을 자세히 들여다보면 직업과 성격, 체형까지도 대충 짐작할 수 있다. 어릴 때 보았던 동네 인쇄소 아저씨 손은 검정 잉크로 물들여져서 씻어도 마저 씻기지 않는 잉크 자국이 얼룩덜룩한 무늬가 되어 원래의 그것처럼 보였다. 생선가게 아주머니 손은 생선 칼에 베인 작은 상처들의 갈라진 틈으로 생선 비늘과 물 자국이 길처럼 지나다니고, 그사이에 짙게 밴 비릿한 생선 냄새가 가시는 날이 없었다. 학교 선생님 손은 엄지, 검지, 중지에 하얀 분필 가루가 집중적으로 묻어 있는 것이 일상이었고, 동네 빵집 아저씨가 반죽하다 말고 담배를 피우던 손은 처음엔 희었으나 이내 누리끼리해진 밀가루 반죽이 말라서 들러붙어 있었다. 키가 작고 흰 피부가 예뻤던 음악 선생님의 피아노 치던 고운 손은 아기 손처럼 작고, 희고 가늘어 선생님 얼굴만큼이나 예뻤다. 학교 앞 분식집 아주머니 손은 달짝지근한 떡볶이 국물이 연한 주홍빛이 되어 군데군데 묻어 있었다. 통통한 튀김집 아저씨 손은 온종일 튀김을 튀겨내던 기름으로 번들거렸다. 명절이 가까워지면 동네 떡 방앗간 아주머니 손은 콩고물의 고소한 냄새가 배어 있었다.

그들의 하루가 그들의 삶이 되고 크고 작은 손 안에 배고, 그 손들이 모여 세상의 풍요를 일군다. 땀이 밴 사람들의 손을 떠올리면 인간에게 있어 가장 인간답고, 신성한 순간은 노동의 순간이라 했던 톨스토이의 말에 고개가 끄덕여진다. 그래서일까 언젠가부터 사람들의 삶이 담긴 신성한 손을 사진으로 담아 보고 싶다는 생각을 했다.

내 얼굴을 쓰다듬어 주시던 마디 굵은 아버지의 손과
거칠고 투박한 할머니의 손이 떠올랐다.

내 얼굴을 쓰다듬어 주시던 마디 굵은 아버지의 손과

거칠고 투박한 할머니의 손이 떠올랐다.

열흘 만에 병실 밖으로 나왔던 날
눈에 보이는 세상의 모든 일상이 낯설게
다가왔던 적이 있었다.
특별하게 생각해 본 적도 없는
보통 사람들의 보통의 일상들이 반가웠다.
여름날의 파란 하늘이 그랬고,
바쁜 사람들의 발걸음이 그랬다.
신호대기에 정차 중인 차들이 신호가 바뀌기가 무섭게
달려 나가는 것을 보면서
내가 사는 세상의 속도감을 다시 기억해 냈다.
병실의 소독약 냄새에서 도시의 자동차 매연 속으로
다시 들어가야 했지만 그것이 오늘
살아 있는 나를 느끼게 하는 순간이었다.

손에서 전해지는 온기

손에서 전해지는 온기

그 사람은 손이 예뻤다. 그 사람을 좋아하게 된 이유가 꼭 손만은 아니었지만…. 그는 가지런하고 단정한 손을 가지고 있었다. 그런 손을 가진 사람은 대체로 꼼꼼하고 성격이 깔끔한 편이다. 때론 깔끔함이 지나쳐 냉담해 보일 때도 있지만. 그다지 크지도 않고, 투박하지도 않으면서 부드러운 듯 강한 듯 그 자신에게 어울리는 손을 봤을 때, 손이 그를 완성하는 마지막 퍼즐의 한 조각인 것 같다는 생각을 했다.

그 손을 잡으면 한여름에도 얼음처럼 지나치게 차가운 내 손이 따뜻해져서 좋았다. 지난 슬픔으로 황량했던 마음에도 온기가 전해졌다. 그를 사랑하듯 그가 가진 손을 사랑하고 한번 잡으면 영영 놓고 싶지 않았다. 손을 맞잡으면 말로 다 못한 마음이 손의 온기로 전해지는 것 같았다. 늘 붙잡고 있을 수 없으니 손만 떼어서 잡고 있으면 좋겠다는 우스갯소리를 하기도 했다. 무언가를 만지고, 쓰고, 먹고, 마시고, 씻고, 만들고, 건네면서 온종일 주인 따라 분주히 움직이는 그의 손이 되어 보고 싶었다.

커피를 내린 그의 손에는 깊은 커피향이 배어 있었다. 그 기분 좋은 향기는 사라지지 않고 내 안에 그대로 남겨져 있다. 지금도 내 아픔과 슬픔을 잡아 주었던 따뜻한 손으로 세상을 바쁘게 살아가고 있을 것이다. 내가 사랑했던 사람의 모습으로 그의 작은 손 안에 커다란 세상을 품으며.

머리를 쓰다듬어 주시던 아버지의 큰 손과 작은 볼을 만져 주시던 투박하고 거친 할머니의 주름진 손, 그리고 말없이 잡아줄 때마다 힘든 마음도 잊게 했던 사람의 따뜻한 손은 사랑의 또 다른 이름이었다.

그들의 손에서 전해진 따스한 온기는 사라지지 않고 여전히 나를 따뜻하게 한다. 곁에 없는 사람이 그리워 가슴이 시린 날은 내 손에 남겨진 온기를 더듬어 찾아본다.

젊은 날에는 젊음을 당연해하며 지나왔고,
사랑할 때는 이별을 두려워하며 지나왔다.
이제야 뒤돌아보면 그때는 젊음이
지나갈 것을 미처 몰라서 좋았다.
이제야 뒤돌아보면 그때는 사랑이
지나갈 것을 미리 알아서 슬펐다.
소중한 젊음은 잊지 않았다.
특별한 사랑은 흔치 않았다.
내일보다 젊은 오늘의 젊음을 모르고,
지금의 사랑이 사랑인지 모르고 지나간다.

저녁 골목길을 걸으며

저녁 골목길을 걸으며

봄날 저녁에 골목길을 걸어본다. 불어오는 따스한 바람은 봄날의 꽃처럼 고운 마음을 일게 한다. 봄볕에 그을리면 임도 못 알아본다고 하니 오지 않을 임을 위해 해가 뉘엿뉘엿 넘어가는 저녁나절이 되면 길을 나서 본다. 시린 계절이 지나고 따스함이 깃들여진 바람이 있는 이 계절에만 누릴 수 있는 소박한 사치를 부려보지 않을 이유가 없다.

편안한 운동화를 신고 문을 나서면 문밖 화단에서는 기다렸다는 듯이 젖은 흙더미를 아래에서부터 밀어내고 살포시 올라와 지난 계절을 살아서 돌아온 연둣빛 생명이 물을 머금고 있다. 머금은 물을 다 마셔내고 나면 꽃을 피워내고 열매를 내어 줄 것이다. 마셔내고 남은 물은 바쁘게 돌아다니느라 목마른 바람에게 인심

한번 써본다.

운동이라면 퍽이나 좋아하던 내가 체력이 예전 같지는 않아 요즘은 힘든 운동보다 가벼운 걷기를 많이 하는 편이다. 시간에 쫓기지 않고 천천히 여기저기 기웃거려보면서 여유로운 발걸음으로 최대한 느리게 걸어본다. 그냥 지나치지는 않았어도 잠시 잊고 있었던 경치들이 눈에 들어오고, 소리들이 귀에 들어오고, 향기들이 코에 들어온다.

아스팔트 사이 작은 틈을 비집고 올라오느라 무척 애를 쓴 강아지풀은 이름 때문에 어릴 적에는 강아지가 먹는 풀인 줄 알았다. 그사이에 드문드문 몽땅한 몸을 바닥에 바짝 붙이고 바람이 불어도 끄떡없을 것 같은 민들레는 홀씨를 지키려는 의지로 결연해 보인다. 이름 모를 노란 꽃은 하필이면 쓰레기 더미를 제 옆에 갖다 놓은 것이 조금 못마땅한지 바람이 불 때마다 휘청거리고 있다.

수선집 아저씨는 오래되고 먼지 낀 유리문에다 '집사람 병원 검진 가는 날이라 쉽니다.'라고 검은색 수성펜으로 정성껏 또박또박 눌러쓴 글씨를 써 붙여 놓고 가게 문을 닫으셨다. 손으로 쓴 비뚜름한 글씨를 보니 그보다 더 크고 귀한 사랑은 없는 듯 보여서 가슴이 찌릿해져 왔다.

버스 정류장에서 버스를 기다리며 큰 소리로 떠들어 대며 웃어젖히는 웃음이 교복 입은 학생들의 것이라서 마냥 부럽다. 아직도 나를 새댁이라고 불러주시는 황금방앗간 아주머님이 참기름을 짜는지 고소한 냄새가 골목에 진동한다. 먼지를 이고 달려오던 버스에도 사람들과 함께 고소한 냄새가 실려 간다.

세상 풍경에 기댄 사람의 냄새가 고소하다. 고소함에 흠뻑 취해 아파트 건너편 즐비한 주택들 사이로 흐느적거리며 걸어 들어간다.

오래된 주택들과 신축한 주택들이 어우러져 별 특별할 것 없는 사람 사는 모습 그대로이다.

가끔은 그 특별함이 없는 것들이 오히려 편안함을 주어서 좋다. 화려한 저택들의 높은 담벼락이 주는 부러움과 시샘으로 불편하지 않아서 좋다.

대문이 있는 집이나 없는 집이나 마당과 화단에는 붉은 장미꽃 하나쯤은 미모를 뽐내며 당당하게 서 있고, 꽃과 나무가 없는 집이 없고, 상추나 파, 고추를 심어놓은 집들도 있다. 초록 잎에 갈색이 짙게 도는 상추는 어쩜 그렇게도 맛있게 보이는지 한 줌 뜯어 쌈이라도 싸 먹으면 더 맛있을 그것을 탐내보기도 한다.

이 동네 골목 어디쯤 사는 친구 현아네 앵두나무에 앵두가 열리면 해마다 가져오곤 했는데 올해는 맛도 못 보고 지나버려 아쉽다. 앵두가 떠나고 나면 살구가 또 반가운 손님처럼 와준다.

길가 평상 위에 삼삼오오 모여 앉아 오가는 사람 구경에 여념이 없으신 할머니들의 하루는 앉은 자리에서 시작이 되고 끝이 난다. 잠시만 앉아있어도 동네의 모든 일을 훤히 알 수 있게 된다. 누구 집 영감님이 아프신지, 누구 집 막내딸이 시집을 가는지, 옆집 여편네는 금방 주겠다고 빌린 돈을 왜 아직도 안 주는지, 허리 수술하러 병원 가는 날짜가 다가오니 걱정스럽다든지, 손자가 보고 싶으면 수시로 영상통화를 할 수 있어서 세상이 좋아졌다든지, 내일은 의료기 체험하러 누구누구 갈 것인지, 요새는 반찬을 무얼 해 먹고 사는지, 장날에 당신 아들네 집에 보내려고 아들 좋아하는 얼갈이배추를 사다가 김치를 담갔다는 이야기까지 듣고 있자니 끝이 없다.

저녁 식사 시간이 되어 가니 맛있는 냄새가 골목을 돌

아와 코끝을 간질인다. 동네 사람들이 한데 모여 저녁을 먹으려는지 생선 굽는 냄새가 유난히 많이도 난다. 시장기가 확 돌아 입 안에는 침이 고이고 온몸에 기운이 쭉 빠지며 걸어 다닐 맛이 안 난다. 김이 모락모락 나는 갓 지은 뜨거운 밥 한 그릇에다 막 담은 얼갈이 배추김치를 척 얹어서 먹으면 기운이 불끈 솟아 천 리라도 갈 수 있을 것 같다. 골목 끝에서 메아리처럼 들려오는 개 짖는 소리에도 기운이 없다. 허기가 지는 것은 나쁜 만은 아닌가 보다.

코끝에 와닿는 밥 짓는 냄새는 기분을 말랑말랑하게 해서 좋다. 뭔지 모를 것들이 타는 냄새가 옅은 연기에 섞여 골목길을 둥둥 떠다니고 있다. 할머니의 부엌 아궁이에서 마른 나무가 타다닥 탁탁 소리를 내면서 탈 때 나던 연기 냄새가 내게는 저녁의 냄새이고, 엄마의 냄새이고, 할머니의 냄새이고, 잠이 오는 냄새이고, 고향 같아 품에 안기고 싶은 냄새이다. 지금도 어디선가 나무 태우는 냄새와 저녁 풍경을 담은 연기 냄새가 나면 코를 치켜든다.

밥 짓는 냄새와 함께 대문 안 사람들의 집에서는 따뜻한 저녁이 시작되고 있을 것이다. 화려하고 대단한 밥상이 아니더라도 저녁 밥상 앞에 모여앉아 있을 사람들 모습이 더없이 정겨울 것을 알기에 내 마음마저 몽글몽글해진다.

얼마 전에 보았던 빈센트 반고흐의 회고전에서 고흐의 그림에 담겼던 그들의 저녁 식탁이 재현되어 있던 장면이 생각난다. 차가운 공기가 가득 찬 어두운 집 안을 촛불 하나로 밝히고, 가난한 삶이 겨우 주는 감자 몇 개와 커피 한 사발이 놓인 식탁이 초라해 보였지만 그것으로 그들 하루의 수고와 고단함마저도 감사할 수 있어서 더없이 소중하게 느껴졌다.

저녁이 있는 삶은 최선을 다하여 수고로운 하루를 보낸 이들에게 보상 같은 시간이다. 그들이 마주한 밥상이 매일 같을지라도, 바쁘게 살아가는 사람들이 한데 모여 밥 한 그릇 먹을 시간조차 없을 때가 있을지라도, 각자의 일상을 감사한 마음으로 마주 앉아 있을 것이다. 너무나 평범한 일상조차도 쉽게 허락하지 않을 때는 마주 앉아 따뜻한 밥 한 그릇 먹을 수 있는 것만으로 감사해야 한다는 것을 이미 잘 알고 있을 터이다.

그들에게 주어진 하루의 끝을 잠시 빌려서 내 것처럼 느껴본 따스함에 꽃향기를 더해 그들의 저녁 밥상에 감사의 뜻으로 공손히 올려 주고 싶다. 사랑하는 사람들의 따뜻한 저녁이 있는 시간을 떠올려 본다. 함께 마주 앉은 내 모습이 얼마나 행복해 보일지 알고도 남음이다.

오늘도 저녁 밥상 앞에 마주 앉은 그들의 삶이 노을이 지는 저녁 하늘처럼 아름답기를….

훈훈한 바람이 부는 저녁나절처럼 따스하기를 바란다.

골목길을 배회하는 동안 어둠이 내리기 시작했다. 동네 미용실 아가씨가 들어왔다 가라며 반갑게 손짓한다. '어디 가느냐고?' '아무 데도 안 가.' 함께 웃어본다.

골목마다 가게마다 불빛들이 훤히 켜지기 시작하니 불빛 뒤로 숨어드는 경치와 소리와 냄새가 하루의 노고를 어둠에 내려놓고 드러눕는다.

발길을 집으로 향한다.

봄날의 나른한 바람이 부는 저녁이 보고 싶은 사람의 웃는 얼굴을 더욱 애틋하게 그리워지게 한다.

내일도 어스름 저녁이 다가오는 이 골목에서 오늘과는 다른 맛과 멋과 냄새를 만나게 될 것이다.

아카시아 향기 바람에 날릴 때

아카시아 향기 바람에 날릴 때

꽃보다 나무를 좋아하는 내가 가장 좋아하는 나무는 아카시아이다. 할머니 집 언덕길에 커다랗던 아카시아는 어린 시절 나에게 말 없는 친구가 되어 주었다. 추억 속에 자리 잡은 그때의 나를 기억하게 하는 특별한 나무이다.

혹한의 겨울을 지나온 봄바람의 요란한 변덕이 싫지만 그래도 5월의 봄을 기다리는 것은 아카시아 향기를 마음껏 품을 수 있기 때문이다.

따스한 바람 안에 가득한 아카시아 향기를 만나고 싶어져서 바람이 남긴 흔적에 이끌려 아카시아가 있는 곳이면 어디로든 간다. 어느 해에는 아이들과 함께 아카시아가 있는 숲으로 가서 종일 쏘다니며 하얀 꽃잎들을 바구니 가득 담아서 돌아왔다. 아카시아 향기가 손과

몸에 흠뻑 배어서 씻어도 씻기지 않았으면 좋겠다고 생각했다. 하얀 꽃잎을 포슬포슬하게 말려서 찻잔에 띄워 마시고, 향기를 오래 간직하고 싶어서 효소로 담가 얼마 안 되는 양을 애지중지 아껴 먹고 있다. 시간에 짙어진 아카시아 향이 평생 잊지 못할 사람처럼 뼛속 깊이 스며들어 오래도록 남아 있을 것 같아 더없이 좋다.

5월의 이태원 경리단길은 아카시아 향기로 가득해서 좋다. 경리단길이 시작되는 교차로 건너편에는 오래되고 커다란 아카시아들이 도심 사이에서 숲을 이루어 초록의 싱그러움을 주는 것만으로도 감사한데 바람이 멀리서 불어와 맞은편으로 향기까지 끌어다 주었다. 언덕 난간에 기대 바람이 불어올 때마다 짙은 향기를 맡으며 세상 바랄 것 없는 기분으로 한참을 서 있기도 했다.

한강진역과 용산 국제학교 앞을 지나 쭉 이어지는 길들이 해마다 초록의 숲으로 울창해지는 것을 보면 혼자서 괜스레 흐뭇한 기분마저 들었다. 아카시아도 짙어진 제 향기를 맘껏 뿜어냈다. 그 길을 지나는 사람들 누구나 자연이 주는 선물 같은 나무 그늘과 바람과 향기를 나와 같은 마음으로 느껴보고, 감사하는 마음으로 발길을 멈춰 잠시라도 머무르고 싶어졌을 것이다.

봄볕에 바람이 따스한 날은 딸 아이 손을 잡고 몇 날 며칠을 다시 못 올 곳처럼 발이 아프도록 그 길을 걷고 또 걸었다. 그러다 지치면 나무 그늘에 앉아 둥그런 초록 잎이 무성한 가지를 하나씩 손에 들고, 다른 한 손으로는 가위바위보를 하며 한 잎 두 잎 누가 먼저 떼어내는지 복고풍 감성 놀이도 해보았다. 딸이랑 마주 보고 앉아 그러고 있자니 사람들이 우리를 한 번씩 쳐다보며 지나간다. 쳐다보며 지나는 그들도 우리도 웃음이 저절로 나는 와중에 속으로 죽음의 순간을 선택할 수 있다면 아카시아 아래에서 이렇게 향기 좋은 바람이 부는 날 죽으면 좋겠다고 생각했다.

향기에 취해 아카시아 아래를 걷다 보면 어린 시절 조그만 아이였던 나를 떠올려 기억 속에서 작은 손을 잡아 데리고 나와서 함께 걸었다. 그때의 나는 닿을 수 없이 아득하게 높아만 보이는 나뭇가지마다 흐드러져 한없이 늘어지고, 탐스러운 하얀 꽃송이와 갈라진 초록 잎 사이로 보이는 파란 하늘을 햇살에 눈이 부셔 채 뜨지도 못한 눈으로 하염없이 바라만 보고 있었다. 주머니에 한 손을 찔러 넣고 올려다보던 하늘이 너무도 푸르러서 더없이 시려 보였다. 가끔 바람이 불어와 짧은 머리카락을 날릴 때마다 함께 전해주었던 기분 좋은 향기가 아직도 코끝에 그대로 남아 있다.

나보다 훨씬 크기만 한 아카시아가 왜 그렇게도 좋았는지 모르겠지만, 등을 기대고 서 있으면 시간 가는 줄을 몰랐다. 말 없는 친구였던 커다란 나무는 나만의 놀이터가 되어 주었다.

아카시아에 기대 서 있었던 기억 속 어느 날 뜻밖에도 저 멀리서부터 차츰 가까워지고 있던 아버지를 보게 되었다. 그때의 놀람과 기쁨은 이루 말할 수 없었다. 그렇게 아버지가 불현듯 다녀가시고 난 이후로 더 자주 아카시아 아래에 서 있게 되었다. 작고 가는 어깨를 기대고 서 있으면 바람에 하얀 꽃잎이 날리던 모습이 한 장의 파스텔 색조의 수채화처럼 머릿속에 그려졌다.

언제부터인지도 모르게 시작된 기다림과 그리움을 투명하게 반짝이던 갈색 눈동자에 담은 채 감아 버렸다. 언제부터 시작되었는지를 모르듯 언제 끝이 날지를 모르고 있었다.

시간이 지나 계절이 바뀌고 나뭇가지가 앙상해지고, 마른 낙엽들이 쌓여서 밟기라도 하면 바스러지는 소리가 나던 늦가을 오후 그 자리에서 아버지의 모습을 한 번 더 볼 수 있었다. 그날 짙은 남색 코트 주머니에 양손을 넣고 나를 바라보고 서 계시던 아버지의 표정이 기억 속에 선명하게 남아 있다.

그토록 많은 날을 아카시아 아래에서 그리운 마음으로 아버지를 기다렸건만 아버지를 볼 수 있었던 것은 그렇게 단 두 번뿐이었다.

지금도 그때의 어린 내가 커다란 나무 아래 기댄 채 그대로 서 있을 것만 같다. 그때 그 시절에 여리고 여리던 조그만 나를 만나게 된다면 꼭 껴안아 주며 해주고 싶은 말들이 있다.

너무 늦게 와서 미안하다고, 너무 사랑한다고 말해 주고 싶다. 다시는 홀로 우두커니 기다리게 하지 않겠다고 말해 주고 싶다. 다시는 혼자 울게 내버려 두지 않겠다고 말해 주고 싶다. 그리고 눈물이 날 것 같은 날은 고개를 들어 저 멀리 높디높은 곳을 바라보라고 말해 주고 싶다. 초록 잎과 흰 꽃에 가려진 사이로 눈부신 태양이 늘 함께 있는 빛나는 푸른 하늘을 보라고 말해 주고 싶다. 네가 찾는 것은 그곳에 있다고 말해 주고 싶다.

어느 순간 내가 저절로 알게 되어 버린 세상을 너도
그곳에서 볼 수 있다고 말해 주고 싶다. 그렇게 어느 날
어른이 되어 간다고….

나이를 먹는다는 것은 세상살이에 조금 더
유연해진다는 것을 의미하기도 한다.
나는 어른이 되는 것이 싫었다.
어릴 적 친구들이 빨리 어른이 되고 싶다고 했을 때도
어른이 되는 것이 싫다고 했다.
세상을 알아가는 일이 순수를 잃어가는 일이
그때도 지금도 두렵다.
그때 우리가 말했던 어른이라는 것이 단순히
나이만을 더한 것이라면 나는 지금 그토록
되기 싫다던 어른이 되었다.
하지만 나는 지금 진정으로
어른이 되었는가를 나에게 다시 묻는다.

할
머
니
의 별

할머니의 별

　할머니와 나는 각자의 소중한 별을 잃어버렸다. 당신 앞에 두 명의 자식을 앞세운 그분의 가슴에는 차고 넘쳐도 모자랄 아픔과 슬픔이 깊숙이 서려 있었다.

　그나마 품에 끌어안은 어린 손자들은 그분의 횅한 가슴으로 시도 때도 없이 드나드는 바람을 막아내 주었다.

　자식을 잃은 부모와 부모를 잃은 자식이 서로를 부둥켜안고, 이미 잃어버린 것에 대한 상실의 고독을 숙명처럼 받들고 오래된 은행나무 뿌리의 검붉은 흙덩이처럼 한데 엉켜 살았다. 그러면 더는 잃지 않을 것 같았다. 이 죄 없는 어린 것들에게 더는 상실의 아픔을 안기지 마소서! 매일 새벽마다 정화수를 떠 놓고 거친 손이 다 닳도록 할머니는 검붉은 염원을 빌고 또 빌었다.

곁에서 그 모습을 지켜보던 그때보다 지금 더욱 선명한 것은 나의 염원도 할머니의 그것과 같기 때문일 것이다.

가브리엘 가르시아 마르케스의 책 『백 년 동안의 고독』 중 가문의 고통과 멸망을 5대에 걸쳐 끌어안고 살면서도 운명을 받아들이며 사는 우르술라의 모습에서 할머니를 떠올려 보았다. 깊은 고독 속에 살았던 우르술라와 우리 할머니의 모습이 닮아 보였다. 고독을 바느질로 대체하는 두 사람의 일상도 닮아 있었다.

하얀 이불을 바닥에 넓게 펼쳐놓고 바느질을 하던 할머니가 눈이 어두워 바늘귀가 잘 안 보인다 하시면 내가 대신 나서서 큰 바늘에 하얀 실을 꿰어 드리곤 했었다. 그리고 나면 바늘에 매달린 하얀 실이 이불에 다 옮겨질 때까지 한참을 아무 말도 없이 이불 가까이에 얼굴을 바짝 대고 엎드려서 바느질을 하셨다. 한참을 아무 말도 없이….

할머니에게 벗을 수 없는 무거운 고독을 안겨 준 자식들의 혼령은 세월에 따라 옅어지거나 무뎌지는 것이 아니라 오히려 더욱 깊은 심연으로 끌고 가려 했다. 할머니는 할머니의 딱딱한 고독의 껍질 속에서 닿지 않는 발끝을 세우며 버둥거렸다.

할머니는 혹여 누군가 나와 오빠에게 부모님 이야기라도 꺼낼까 봐 전전긍긍하시며 당신의 치맛자락을 펼쳐 우리를 꽁꽁 싸매 주셨다. 다시는 잃고 싶지 않았던 것이다. 더 이상 누구도. 한편으론 어린 것들 입장에서 보자면 할머니는 언젠가 잃어야 할 정해진 몫의 운명이었다. 그것이 할머니의 마음을 천 갈래 만 갈래 찢기게 했다.

내 새끼라 부르는 할머니와 우린 서로의 의미가 되었다. 우리는 할머니의 '잃어버린' 별을 대신해서 '마지막' 별이 되어 드렸다. 물론 가끔 오래된 서랍을 열어 잃어버린 자식들의 흔적을 부둥켜안고 숨죽여 우시던 할머니의 애한은 그것대로 고스란히 남아 있었지만 말이다.

밤마다 문틈으로 비집고 들어온 바람에 흔들리던 촛불은 맞은편 벽과 천장에 할머니의 그림자를 커다랗게 일그러뜨려 놓고 쉼 없이 일렁이게 했다. 잠결에 흐릿하게 보이던 어둠 속 할머니의 들썩이던 굽은 등은 꿈인지 현실인지 분간할 수 없게 했다. 할머니를 잠 못 들게 했던 뿌리 깊은 고독 앞에 홀로 무너져서 먼지 털

듯 털어내고 싶어도 들러붙어 털어 내지지 않는 한과
원망 서린 눈물을 흘리며, 두 다리를 축 늘어뜨리고 앉
아 당신 무릎에다 하소연이라도 하는 듯 쓸어내리던 모
습을 보게 되는 날은 어린 나의 마음도 아팠다.

　시간이 지난 지금에서야 그 마음을 더 잘 알 것 같아
서 말할 수 없는 슬픔으로 내 마음도 한없이 저려온다.
그렇게 슬프고 한스럽게 울면서 토해냈던 말들이 할머
니에게는 껴안을 수 없는 자식들처럼 껴안을 수 없는
말이 되었다. 나 역시 잠 못 이루는 밤마다 할머니의 그
것처럼 어둠 속에서 울먹이며 껴안을 수 없는 그리운
사람에게 껴안을 수 없는 말을 혼잣말처럼 하고 있었
다.

　할머니의 사랑이 없었다면 지금의 나는 없었을 것이
다. 그분의 사랑과 정성은 어떤 감사의 말로도 모자란
다. 할머니마저 돌아가시고 나서 많이 외롭고 쓸쓸했지
만, 아버지가 몇 개의 기억을 남겨주셨듯이 할머니가
남겨주신 많은 따뜻한 기억이 나를 살아가게 했다. 내
가 좀 더 크는 모습을 지켜보셨으면 좋았을 텐데… 내
새끼 예쁘다 곱다 하며 좋아하셨을 텐데….

　사람은 한평생을 살아가면서 잊지 못할 사람과 잊지

못할 기억을 가슴에 품고 살아간다. 평생을 그 사람과 그 기억을 그리워하며 살아간다. 가끔 두려운 생각이 드는 것은 내가 어느 순간 따뜻하고 소중한 기억을 놓치는 날이 올까 봐 그게 두렵다. 죽는 순간까지 그 기억으로 따뜻한 마음으로 미소 지으며 눈감을 수 있기를 또 바란다.

내가 그랬듯이 사람들은 사랑하는 사람의 죽음 앞에서 무너지고 부서지기 마련이다. 사람은 살면서 자연스럽게 죽음을 맞이한다. 누구든 언제 어느 때가 분명히 정해져 있다고 할 수도 없으며 설령 우주의 순리에 따라 정해져 있다 해도 알 수는 없다. 알 수 없는 미래의 시간이 늘 사람들의 마음을 불안하게 하고 그 불안한 마음은 얼마인지 모르는 남아 있는 날들을 위해 지금 이 순간을 살아가게 한다.

"추억은 되돌아오지 않을 터이고, 이미 지나간 봄은 하나도 다시 찾을 수 없으며, 사랑이 아무리 거칠거나 깊다고 해도 결국은 한순간의 진리에 지나지 않는다."
　- 가브리엘 가르시아 마르케스의『백 년 동안의 고독』중에서

　돌아오지 않을 추억과 돌아오지 않을 봄의 기억이 따뜻하게 남아 나를 살아가게 한다. 사랑이 지나가는 한 순간의 진리일지라도 여전히 매 순간을 사랑하며 살아갈 것이다. 사랑받고 사랑했던 모든 날이 아름답게 남아 있다는 것과 그 사랑이 끝나지 않는다는 것이 나에게는 영원불변의 진리이다.

　그래서 나는 오늘도 오늘의 당신을 그리고 나를 사랑한다.

당신을 떠나오던 날 등 뒤에 남겨진 시간은
빛바랜 사진처럼 낡은 서랍 안에서 희미하게 잊혀져간다.
모든 것이 시간에 휩쓸려 사라진다 해도
사라지지 않는 것이 하나 있다면
당신에게 남겨놓은 내 마음 하나일 것이다.
예전에도 지금에도 다음에도 별이 없는 밤의 의미를
알면서도 놓지 못하는 마음처럼
그렇게 나의 시간은 당신에게로 흐르고 있다.

여전히.

할머니의 부엌

할머니의 부엌

나는 따뜻하다는 말을 좋아한다. 그 말이 나를 따뜻하게 해주는 것 같아서 좋다. 세상에 따뜻한 것들은 모두 좋다. 제일 따뜻하고 좋은 것은 사람의 마음이다. 그래서 따뜻한 사람이 좋다. 냉철하되 냉정하지 않은 따뜻한 사람의 온기를 사랑한다.

할머니의 부엌은 내게 따뜻함과 같은 말이다. 할머니의 부엌은 할머니의 품이었으니까. 할머니에게 부엌은 당신의 존재 이유였고 하늘 아래 가장 신성한 공간이었다.

모두가 잠든 시간, 제일 먼저 몸을 일으켜 새벽의 신성함이 깃든 투명한 물을 하얗고 오래된 자신만큼 낡은 그릇에다 담아서 부엌 부뚜막 조왕신에게 헌수한다. 가족의 건강과 안녕을 투박한 두 손을 마주 대고 비벼 빌며, 경건한 마음으로 신에게 염원하는 것이다.

　부뚜막에 무심코 발이라도 올려놓으면 혼쭐이 났다. 그곳은 할머니만의 신성한 공간이었다. 부엌은 곧 할머니 자신이었다. 쓰기 편한 석유난로가 있었는데도 가마솥을 애지중지하셨다. 어릴 적에 훨씬 더 커다랗게 보였던 시커먼 무쇠솥은 닳도록 쓸고 닦아서 반질반질하게 언제나 광이 나 있었다. 장작을 지펴 겨울에는 추위를 녹여주고 여름에는 눅눅한 습기를 보송보송하게 말렸다.

　장마가 지는 여름에 눅눅함이 사라진 따뜻한 방에서 한 바가지의 땀을 흘리며 자고 나면 몸이 엿가락처럼 나른해지면서 꿈꾸는 듯 몽롱한 느낌이 기분을 좋게 했다. 타다 남은 장작불로 고구마, 옥수수, 감자, 밤을 구워 먹고, 특히 할머니가 손수 만든 인절미가 하루쯤 지나 조금 굳으면 석쇠에 얹어 구워 먹었다. 콩고물이 떨어져 숯불에 타는 냄새가 고소하게 입혀진 인절미를 조청에 찍어 먹으면 그렇게 맛있을 수가 없었다. 저녁마다 숯불에 생선을 구워내면 냄새를 맡고 참지 못해 부엌문 앞으로 먼저 달려오는 것은 우리 집 강아지 다롱이와 이름을 안 지어준 고양이였다. 할머니가 저녁 밥상을 차리는 동안 나는 그 둘로부터 생선을 지키는 일을 해야 했다. 맛있는 냄새가 코를 간질이면 강아지 다롱이, 고양이와 같은 마음으로 쪼그리고 앉아 숯불 위 생선에다 눈을 맞추고 시간을 재촉했다.

가족들이 많았던 만큼 할머니의 부엌 살림살이는 부엌 뒷방 그리고 다락방까지 한가득이었다. 부엌에 딸린 뒷방은 할머니만의 보물 창고였다. 집 안의 모든 공간을 자식들에게 다 내어주고 남은 그곳은 할머니에게 선물 같은 공간이었다. 나도 그곳이 아늑하고 좋았다. 별의별 재미난 것들이 다 있었다. 손수 지은 옷가지, 그릇, 용도를 알 수 없는 물건, 당신 딸인 고모들이 쓰던 물건들과 낡은 사진첩까지. 오래되고 얼룩진 책을 만졌다가 심하게 재채기를 한 적이 있을 정도로 물건들은 세월의 두께만큼 먼지를 입고 있었다.

서랍장 안에는 과연 이런 옷을 언제 입기나 하셨을까? 싶은 옷들과 한 번도 입지 않은 새 옷과 깨끗한 새 내복과 속옷과 양말이 있었다. 그것들을 보면서 늘 부엌에서 음식 만들고 일만 하시던 할머니의 편안한 고무줄 바지와 거친 손이 왠지 고귀하게 느껴졌다.

그때 본 할머니의 잘 정돈된 서랍의 느낌이 좋았던

지 내 서랍에도 신지 않고, 입지 않고 모셔만 둔 새 손수건과 양말과 속옷이 가지런히 자리하고 있다. 나의 그런 사소하고 은밀한 습관을 아는 친구가 집에 놀러 오는 날은 어김없이 서랍을 열어보고는 보물찾기하는 기분이라며 좋아한다.

 부엌에 딸린 다락방은 낮은 천장 탓에 허리를 굽히고 다니면 어두컴컴한 동굴을 탐험하는 기분이 들었지만 낮은 천장이 주는 답답함을 그때는 몰랐을 때라 오히려 아늑하고 편안함을 느꼈다. 가끔 집에 손님들이 들이닥치는 날이면 오빠랑 둘이서 다락방으로 기어 올라가 촛불을 켜놓고 창문을 열어 바람을 들여놓고 사람들이 오가는 밖을 내다보다 잠이 들기도 했다. 켜놓은 촛불처럼 따뜻한 기억이다.

나를 겸허하게 만드는 자연과 사람.
그것으로 인해 부족한 나머지 삶이 채워진다.
그러한 자연 안에서 사람과 함께 나눈 시간이
오늘 하루를 다 채우고도 남아 또 다른 오늘을 만들어 간다.

마음이 담긴 음식

마음이 담긴 음식

집 뒤뜰에 내 키보다 큰 장독대가 줄지어 있었는데 할머니는 음식 맛의 비결이 장독 속에 있다고 했다.

할머니 부엌에서 목에 힘이 제일 많이 들어가는 사람은 나였다. 온종일 할머니 곁에 딱 들러붙어 있은 덕분에 방금 만든 음식을 제일 먼저 맛보는 특권을 누렸다. 할머니가 음식을 하실 때면 양념 통을 들고 옆에 서서 보조 역할을 톡톡히 해내는 조수로서의 마땅한 호사였다. 지금 생각해도 절로 미소가 지어지는 기분 좋은 추억이다.

전을 부칠 때면 화단에 있는 방앗잎을 뜯어다 드리고, 취나물, 시금치, 콩나물 등 온갖 채소들을 다듬어보고, 동짓날이 되면 새알심을 동그랗게 빚어 때깔 고운 자줏빛 팥 국물에 넣어 보고, 추석이면 항상 모여 앉아 송편을 빚었다. 예쁜 딸 낳으려면 송편을 예쁘게 빚어야 한다는 말에 미래의 내 딸이 예쁘기를 바라며 심혈을 기울여 송편을 빚었고, 김부각을 만드시면 깨를 송송 뿌렸다.

음식을 하실 때마다 곁에서 보고 들은 것은 좋은 경험이 되었다. 음식과 함께한 시간이 그대로 내 몸에 흘러 나 또한 음식 하는 것을 누구보다 좋아하게 되었다. 할머니의 음식이 그리워질 때면 그때의 기억을 떠올려 만들어 보기도 하지만 그 손맛은 도저히 따라갈 수가 없다.

늘 있는 일이었지만 한번은 잠결에 달그락거리는 소리가 나서 눈을 떠보니 어두운 방 유리에 부엌에서 새어 나오던 불빛이 아른거리며 조명등처럼 바닥에 낮게 깔려 있었다. 눈을 비비며 문을 열고 부엌으로 들어가 보니 아마 정월 대보름날이었는지 할머니는 찰밥을 쪄내고, 식혜를 끓여내고 계셨다. 갓 지은 김이 모락모락 나는 찰밥을 눈도 덜 떠진 내 입에 넣어 주시면서 맛있느냐고 간은 맞느냐고 웃으시며 물어보시고는 말이 떨어지기가 무섭게 뜨거운 식혜를 대접 한가득 담아서 또 마셔보라 하셨다. 할머니 음식 중에서도 내가 유난히 좋아했던 단맛이 나던 찰밥의 따뜻하고 쫀득한 맛을 잊을 수가 없다. 그래서 그 맛이 생각날 때면 찰밥을 만들어 가까운 이들과 나눠 먹기도 하는데 내가 좋아했듯이 맛있다고 좋아해 주면 나눠 먹는 기쁨으로 마음이 따뜻해진다.

할머니 부엌에서 그날 느낀 따뜻함은 아궁이에서 타고 있던 장작불 때문이었을까? 잠결에 들었던 달그락거리는 소리, 불빛이 스며들던 어두운 방, 부엌에 가득 차 있던 안개 같은 뿌옇고 더운 공기, 찰밥의 고소한 냄새, 식혜에서 나던 끈적끈적한 단 냄새, 하얀 김이 모락모락 피어올라 안이 잘 들여다보이지 않았던 시커먼 가마솥, 아궁이에 타고 있던 장작불, 석유난로에 얹어진 냄비에서 끓고 있던 할머니의 간식, 그 모든 것들이 제각각의 생명력을 부여받고 활기차게 살아 있었다. 할머니에게서 따뜻하게 데워져 내게로 다시 따뜻하게 전해져서 더불어 엄마의 마음도 함께 남겨 놓았다.

사랑하는 사람들을 위해 음식을 하는 순간과 음식을 먹으며 행복해하는 모습을 떠올리는 순간이 나의 크나큰 행복이며 일상의 중요한 부분을 차지한다. 그래서 나는 사랑하는 사람들을 위해 음식을 한다.

내 부엌에다 할머니의 부엌을 들여다 놓고 내 음식에다 할머니의 따뜻한 사랑으로 누구도 흉내 낼 수 없는 나만의 음식을 한다.

내가 만든 음식을 먹는 이들이 그들을 사랑하는 마음으로 만든 음식과 따뜻한 사람의 마음을 함께 먹고 그 순간만은 더없이 행복하기를 바라며 음식을 한다.

내가 만든 음식을 한 번쯤 먹어본 누구나 내 마음을 함께 먹은 것이라 생각한다. 그 생각이 마음을 참 많이도 따뜻하게 한다. 그렇게라도 내 마음을 줄 수 있어서 행복했던 날들에 감사한다.

지나간 사람과
지나간 시간으로
더욱 깊어진 그리움은
딱 그만큼의 크기로 사람의 가슴을 도려낸다는 것을
당신을 사랑하면서 저절로 알아버렸습니다.

은둔의 계절을 지나

　나는 유난히 겨울을 싫어한다. 사랑하는 많은 것들을 그 계절이 데려갔다.

　아버지를 할머니를 할아버지를 가장 친했던 친구를 데려가고, 가장 사랑했던 사람마저도 그 계절에 나를 홀로 남겨두고 떠나갔다. 아마도 내 엄마마저도 겨울이 데려갔을 것이다. 메마른 바람이 부는 겨울은 내게서 많은 것을 앗아간 상실의 계절이며 슬픔과 아픔의 계절이다.

　매해 어김없이 찾아오는 겨울은 혹한의 시린 바람을 뼛속까지 불어넣어 움츠러들게 하고, 깊은 슬픔이 되어 몸도 마음도 아프게 한다. 누구에게나 찾아오는 계절이지만 누구에게 보다 더욱 시리고 아프게 나를 찾아오는 계절이다.

그래서 겨울이 오기도 전에 움츠러들어 이미 은둔할 준비를 하고 나면 허기진 마음이 옅은 숨소리에도 놀라지 않게 숨죽이고, 가장 낮은 바닥에 내려앉아서 겨울이 지나가기만을 그저 기다린다.

나처럼 미련한 미련을 남기고 지나는 겨울이 흘려놓은 차가운 바람을 품은 봄의 시작도 과히 좋지는 않다. 황량한 들판을 지나는 마른 바람을 가슴에 들여놓는 겨울과 유난히 소란하고 변덕스러운 봄은 나를 가두어 무기력하게 만드는 은둔의 계절이다. 결빙의 몸과 마음은 깊고 무거운 침잠 속에서 구원 같은 해빙의 시간을 기다려본다.

매서운 겨울을 지나 봄의 요란한 변덕을 받아주고 나면 어느새 먼 곳으로부터 내 바깥에 이미 와버린 봄을 만난다. 은둔의 계절에 갇혀 차가운 바람에 꽃이 피고 지는 때를 몰랐다. 봄날의 꽃은 제가 피고 지는 때를 알고 있건만.

바람에 꽃잎이 날려 흩어지면 다시 돌아올 봄을 위해 봄의 언덕에 한 그루 나무를 심어 볼까 한다. 오래전 누군가 무심코 심었던 나무가 할머니의 천 년 같은 깊은 고독을 기다렸다는 듯이 안아 주었던 것처럼 나와 또 다른 누군가의 천 년을 위해 한곳에 깊이 뿌리 내려 영원히 머물러줄 나무를 심어 볼까 한다. 봄이 되면 꽃이 피고, 꽃이 지고 나서 열매를 내어 주면 벌려진 입에 터질 듯이 한가득 베어 물고 다물어지지 않을 만큼의 미소를 가져다줄지도 모른다.

하얀 꽃 아래 소란했던 날들이 꽃이 지듯 지나고 나면 덩달아 소란했던 바람도 지쳐서 한숨 잦아든다. 꽃샘추위에도 끄떡없던 꽃들이 금세 떠날 준비를 하고 새롭게 돌아온 계절을 위해 자신들이 머물렀던 자리를 내어준다. 계절을 오가는 들뜬 공기로 문밖이 소란하다.

봄은 어느 계절보다 유독 유난스럽게 돌아왔다가 유난스럽게 떠나간다. 계절이 새롭게 돌아올 때마다 새로운 기대감으로 두 계절을 품은 공기 사이를 떠도는 형태 없는 것들에 대한 동경이 저절로 일어난다. 봄은 일렁이게 하는 계절이다. 계절이 사람을 일렁이게 한다. 마지막 봄날을 꽃향기에 담아 보냈으면서도 미련한 미련이 남아 다시 돌아올 봄을 기다린다. 그 봄은 내가 죽는다 한들 나와 상관없이 돌아올 것을 안다.

혹시나 하는 마음으로 떠나지 못하는 나처럼….

그렇게 시리던 겨울과 요란한 봄이 지나고 나면 따스

하게 찾아와 주는 5월을 반긴다.

겨울의 시린 바람이 남겨준 끝 모를 슬픔과 눈물을 거두고 햇살 사이로 봄이 내밀어 주는 손을 잡고 걸어 나온다. 그러면 은둔의 계절도 끝이 난다.

그때가 되면 두껍고, 무거운 은둔의 옷을 벗어 던지고 따스한 5월의 햇살 속에 남겨진 겨울의 먼지 낀 미련을 하나도 남김없이 꺼내어 말린다. 봄기운 가득한 나른함도 따스한 봄 햇살에 같이 내어다 말려본다. 그 햇살에 젖은 수건을 내어다 바짝 말리면 날이 서서 손이 닿기도 전에 베일 것처럼 빳빳해진다. 태양의 쨍한 냄새가 부드럽게 스며든 빳빳한 수건을 좋아하는 사람의 손에 말없이 건네준다.

피고 지는 꽃을 보며 얼어붙고 무뎌진 마음에도 꽃을 피워본다. 흰 꽃잎이 하나둘씩 떨어지고 연둣빛 새싹이 돋아나고, 눈꽃이 되어 비가 되어 내리고, 흔적 없이 바람에 날려도 흰 꽃잎이 바람을 찾아 나선 발걸음에는 지난 계절의 미련이 남아 있지 않다.

따스하게 안겨 오는 5월의 바람을 사랑했던 사람이 남겨준 선물처럼 받아 안아본다. 나의 푸른 물빛 미소를 바람에 매달아서 날려 보내면 알아볼 수 있을지도 모른다. 5월의 평화롭고 한없이 여유로운 하늘과 대지와 바람을 갖고 있으면 누구라도 사랑하지 않을 수 없다. 계절의 여왕이라 불리는 5월은 여왕에 걸맞게 가장 아름다운 자연을 아우르며 자신의 품위를 지켜낸다. 하늘 아래 펼쳐진 연둣빛마다 따스한 5월의 햇살이 내리쬐는 신록이 아름다운 시간에 세상은 새로운 생명을 부여받고 눈부시게 맘껏 빛난다.

살아 있는 모든 것들은 살아서 아름답다. 아름다우니 마음껏 눈부시게 만발해도 좋다. 은둔의 계절을 지나온 사람이 아름다워서 햇살 아래 내어놓기도 아깝다 한다. 싱그러운 숨을 내뱉는 나무들 사이를 쉼 없이 오가는 산뜻하고 따사로운 바람과 온기를 가득 머금은 공기를 함께 느끼며 한 번도 웃어본 적 없던 것처럼 웃어본다. 애써 기다리지 않아도 다시 돌아올 것을 알면서도 왜 그리도 애타게 발을 동동 구르며 기다렸던 것인지 애처로워 한다.

보내기 싫은 그리운 임에게 매달리듯이 따스한 봄날의 풀풀 날리는 흰 꽃잎에다 가는 줄을 매달아 놓고, 임에게 흰 꽃잎에 취한 듯이 몸을 흔들며 결국은 허무하게 사라져가는 그것들을 말없이 바라본다. 때가 닿으면 그때 또다시 돌아올 것이라고 혼잣말을 한다.

따스한 바람이 불어오던 길 위에서 더없이 아름다웠던 순간들을 한 번쯤은 뒤돌아봐 주기를 바라는 마음은 다시 오지 않을 날들을 하루에 하나씩 지워간다.

꽃이 피고 지는 순간을 위해 계절은 아름답게 돌아오고, 계절이 아름답게 돌아왔다 떠나갈 때마다 남겨진 슬픔을 하루에 하나씩 지워간다.

한강대교 위에 서 있던 어느 날 다리 아래 강물 위로
지나는 사람들의 흔적이 잔물결을
일으키는 것을 내려다보았다.
내 마음 안에 이는 폭풍을 다리 아래
강물에다 던져내고 싶었다.
폭풍 같은 마음을 다 던져내지 못해서 하늘을 올려다보았다.
저녁 하늘을 붉게 물들여가고 있는
노을빛이 아름다워서 슬펐다.
다시는 그렇게 아름다운 노을을 볼 수
없을 것 같아서 슬펐다.
노을빛으로 가슴이 타올랐다.
노을에 젖은 그리움도 눈물에 젖은
애달픔도 붉어서 붉은 바람으로 물들었다.
어느 날보다 유독 아름다웠던 그날의 저녁노을에
그리움을 담아 멀리 아주 멀리 보냈다.
말 없음에 말없이 눈물이 흘렀다.
나에게도 물었다.

나의 마음은 안녕한지를….

우물 안 개구리에게서

우물 안 개구리에게서

봄을 다 만끽하기도 전에 성큼 여름이 다가온 날이었다.

여느 날처럼 이 골목 저 골목을 느리게 배회하고 있던 내 눈에 뜨거운 햇살을 피해 초록 풀숲 그늘에서 한가롭게 노니는 개구리 한 마리가 보였다.

초등학교 시절만 해도 친구들과 개구리를 잡으러 들로 산으로 쏘다니고, 누가 개구리알이라도 가져오면 투명한 유리병에 담아다가 부화하는 과정을 지켜봤다. 투명한 껍질 안에서 검은 점이 점점 커지면서 신기하게 올챙이가 되어 가고, 올챙이의 뒷다리와 앞다리가 쏙 나왔다 싶으면 하룻밤 사이에 꼬리조차 없어지고 개구리가 되어 있었다. 그렇듯 반가운 개구리를 보니 불현듯이 생각나는 예전의 일이 나를 웃음 짓게 한다.

막내아들은 아장아장 걷기 시작할 때부터 곤충과 동물들에 대한 관심이 지대해서 어딜 가든지 벌레 한 마리를 늘 손에 들고 들어왔다. 한참을 만지작거리고 살펴본 뒤에는 다행히 자연으로 되돌려주는 아량은 있었다.

한여름 뙤약볕에 쪼그리고 앉아 땅바닥에 줄지어 길을 나선 개미들과 자신만의 외계 언어로 이야기를 나누다가 이야깃거리가 떨어지면 다른 곳으로 시선을 돌린다. 근처 풀밭에 돌아다니던 메뚜기가 눈에 띄면 어김없이 잡아채서 커다란 상자 안에 넣어 놓았다가 또 자신만의 외계 언어로 이야기를 나눈 뒤에 다시 보내주기를 반복했다.

아들이 초등학교 3학년 봄 체험학습을 다녀왔을 때의 일이다.

보통 때 같으면 가방을 열어서 맛있게 먹었다며 빈 도시락을 꺼내고, 집에 와서 먹으려고 아껴두었던 간식을 먹을 텐데 그날따라 가방을 자기 방으로 냉큼 가져가서 조심스럽게 놔두나 싶더니 웬일인지 안절부절못하는 눈치였다. 낌새가 좀 이상했지만 대수롭지 않게 생각했다. 다음날 학교를 다녀온 녀석의 행동이 여전히 수상

쩍어 추궁하자 가방을 열어 보여주는 데 예상치 못한 광경에 기겁했다. 개구리 여러 마리가 가방 안에서 이리 뛰고 저리 뛰고 난리도 그런 난리가 없었다.

아들 녀석이 체험학습을 갔던 계곡 물가에서 개구리를 보고 신이 나서 고이 모셔온 것이었다. 그러면서 엄마에게 혼날까 봐 전전긍긍하면서 가방에 개구리를 넣어 놓고 하룻밤을 곁에서 같이 잠을 잤던 것이다. 무슨 보물 보듯이 자다 깨서 들여다보다 잠들고, 아침에 눈을 뜨자마자 개구리가 잘 있는지 확인하느라 혼자 바빴다. 그것도 모자라서 가방에 넣어둔 채로 다음날 학교까지 데리고 가서 친구들에게 보여주고 자랑을 하며 뭐라도 된 양 호기로운 기분을 실컷 누렸었나 보다.

친구들은 개구리 한 마리 얻어 보려는 마음에 학교에서 내내 아들 뒤를 졸졸 따라다녔다. 그런 이야기를 하는 와중에도 혼날 일을 걱정하며 떨리는 목소리를 듣고 있자니 엉뚱하기도 하고 귀엽기도 해서 웃어버렸다. 다만 살던 자리를 한참 벗어나긴 했지만 아파트 뒷산에다 풀어주고 오라고 했다. 집에서 키우면 안 되느냐고 한참을 졸랐지만 결국 제풀에 지쳐서 뒷산에 풀어주러 갔다. 그 짧은 시간에도 정이 들었는지 풀밭에 내려놓고 오면서도 몇 번이고 뒤돌아보는 아들 녀석의 마음이 측은하기도 했다. 아들의 입장에서 보면 하룻밤의 꿈으로 끝나버린 안타까운 순간이 아닐 수 없었을 테니까.

　아들 녀석이 기억이나 할지 모르겠지만 가방 속 개구리 이야기를 해주어야겠다.

세월이 흘러감에 따라 모든 일이
세상 살이의 일부분이라 생각하며 무심해 지기도 한다.
하지만 지금 보다 더 많은 세월이 흘러간다 해도
사랑한 사람과의 이별에는 그럴 수 없을 것 같다.

아주 어릴 적에도
지금도 흘러가는 세월 속에서
그리운 사람을 만날 수 없다는 것이
살아가는 동안 마음을 가장 아프게 했고
항상 마음 아프게 한다.
그리고 여전히 내 마음을 아프게 할 것이다.

우물 밖의 세상

우물 밖의 세상

우물 밖으로 나온 우물 안 개구리는 신이 났는지 이리저리 폴짝폴짝 뛰어다니느라 내가 가까이 다가가는 줄도 모르고, 게다가 도망갈 생각도 없어 보였다. 그런 개구리를 따라 고갯짓을 하며 한참 보고 있었다. 우물 안에서 우물 밖 세상을 내다보며 우물 입구만큼의 동그란 파란 하늘을 전부라고 생각하고, 우물 위로 지나는 바람의 소리와 세상의 냄새를 느끼며 자신의 몸이 닿아있는 우물 안 차가운 물속에서 바깥세상에 대한 동경이 매일 일어났을까?

문득 개구리는 그 안에서 무엇을 보고, 무엇을 생각하고 있었을지 궁금했다. 우물 안 세상이 더없이 편안하고 좋다는 것을 알면서도 가끔 이렇게 우물 밖 세상을 기웃거려 본다. 그러면 우물 안에서 바라보던 파란 하늘은 우물 입구보다는 훨씬 더 크고 푸르다는 것을 알게 되고, 바람이 지나면 꽃이 피고 진다는 것을 알게 되고, 사람들은 우물 안 세상에는 별다른 관심이 없다는 것도 알게 된다. 우물 밖 배회가 끝나면 다시 자기만의 우물 안 세상에 들어앉아 평화로운 일상을 맞이하면 된다.

내가 사는 세상에서 내가 보는 만큼의 하늘이나 우물 안에서 개구리가 보는 만큼의 하늘이나 어차피 같은 것이다. 어디서 보든지 눈으로 보이는 것이 전부가 아니며 얼마나 크고 깊게 보느냐가 훨씬 중요하고 의미 있는 일이다.

작은 욕심마저 버리지 못하고 사는 나보다 우물 안에서 우물 안 입구만큼 하늘을 가졌다고 생각하며 헛된 꿈도 바람도 무모한 욕심도 부리지 않고 자신이 있는 우물 안 세상에만 만족하며 온전히 행복할 수 있다면 누구보다 행복한 것이 우물 안 개구리다.

그들보다 나을 것도 없는 세상에서 나을 것도 없는 내 삶도 보잘것없고 부끄럽다. 어쩌면 우물 안 개구리는 나보다 누구보다 훨씬 행복한 건지도 모른다. 자기만의 세상에서 자신이 보고 듣고 느끼는 것이 세상 전부라고 생각하고 만족하면서 우물 밖 세상을 부러워하지 않고 산다면 어느 누구보다 행복하지 않을까 생각한다.

　좁은 우물 안에서 그 세상이 전부라고 생각하며 사는 개구리라며 혹여 비하했을지도 모르는 나의 어리석음을 나무란다. 행복한 우물 안 개구리를 자신만의 생각으로 어리석다며 무조건 비웃고 있었던 것은 아니지만 편협하고 어리석은 생각이 나와 상대방과 세상 모든 것을 보는 눈을 가렸는지도 모른다는 생각이 들었다. 내 선입견 안에 갇힌 생각 때문에 상대방의 입장에서 바라보지 못하고, 자신의 기분과 입장에서만 생각하고 섣불리 판단하고 살면서 때때로 많은 후회를 한다. 섣부른 생각과 판단들이 다 옳다고 생각하며 살지는 않았는지, 누군가에게 우물 안 개구리라며 손가락질하지는 않았는지, 그것도 모르면서 우물 밖에 사는 내가 우물 안 개구리일지도 모른다. 나이가 들어가는 만큼 세상살이를 했으니 좀 더 긍정의 마음과 눈으로 사람과 세상을 바라봐야겠다.

우물 밖으로 나온 개구리가 우물 밖 구경을 다 끝내고
돌아가자 나도 골목길 배회를 끝내고 나의 우물 안으로
돌아간다.

비가 오고, 바람이 불고, 짙은 안개 속에서,
어두운 밤 불빛 아래에서 흔들리듯 춤추던
꽃잎들이 바람에 흩어져 사라져 간다.
지는 꽃을 보며 눈물이 날 것 같다던 나의 말을
당신은 고개 돌려 애써 모른 체한다.
꽃이 져도 슬퍼하지 말라고.
당신의 마음 안에 내가 있듯이 항상
그 모습 그대로 남겨져 있다고.
오늘 밤은 슬픈 꿈을 꾸지 않을 거라고
따뜻한 밤이 될 거라고.

열매가 무르익어 가면

열매가 무르익어 가면

 꽃이 피고 지면 기다림의 보상처럼 자연은 귀한 열매를 내어준다. 나무마다 주렁주렁 매달린 귀한 열매들을 사랑하지 않을 수 없다.

 마당과 뒤뜰이 넓었던 할머니 집 안팎으로 꽃은 물론이고, 나무들이 많아서 봄에는 매실과 살구를 여름에는 복숭아를 가을이 되면 밤과 감이 열리는 것을 보면서 자연스럽게 그들과 함께 자랐다.

 그래서일까. 나무와 그 나무에 매달린 열매에게서 시적 감성을 느낄 때가 많다. 열매도 꽃처럼 비바람을 견뎌내고 지나온 시간의 결실을 담아서 내어준다. 어쩌면 당연한 자연의 섭리 같아 보이지만 열매에 담긴 맛과 멋은 값으로 치를 수 없는 사계절의 이야기를 담고 있다.

그중에서도 봄을 지나오면 반가이 와주는 열매가 매실이다. 지금처럼 약이 없었던 시절에는 매실은 맛뿐만 아니라 쓰임이 다양해서 효과 좋은 치료제로 쓰였다. 어린 시절, 배가 아프다고 할 때마다 할머니는 장독대 안에서 오랫동안 익은 매실을 한 국자 떠서 먹여주시고, 까슬까슬한 손으로 배를 쓰다듬어주시면 언제 그랬냐는 듯이 아픈 것이 나았다.

여름날 더위에 지쳐 입맛이 없을 때, 차가운 얼음물에 밥을 말아서 잘 익은 매실장아찌를 얹어 먹으면 달아난 입맛도 금세 돌아왔다.

주부가 되고 스스로 살림살이를 하기 시작할 때부터 해마다 매실 효소를 만들었다. 할머니가 배 아플 때마다 약으로 주셨던 것처럼 아이들이 생기자 가정상비약이 되었고, 차가운 매실차는 얼음 동동 띄운 시원한 음료수 대용이 되었고, 매실 효소는 음식을 할 때마다 빠질 수 없는 나만의 조미료가 되었다.

열매 하나가 이처럼 다양하게 활용될 수 있으니 참으로 매력적이라 좋아할 수밖에 없다. 열매와 그리움에서는 마른 햇살의 냄새가 기분 좋게 풍기고 있었다. 이토록 뜨거운 계절이 그리워질 즈음에는 단내를 한껏 풍기

는 열매를 입 안에 한입 베어 물고 하얗게 웃는 모습을
볼 수 있을지도 모르겠다.

또 하나 더해진 한여름 밤의 꿈일지도 모르겠다.

첫 번째 해외여행

첫 번째 해외여행

여행은 모두의 설렘이다.

설렘으로 가장 편안한 사람과 가장 사랑하는 사람과 가장 하고 싶은 일 중의 하나이다. 지친 일상을 벗어나 홀가분한 마음으로 같은 시간과 같은 공간을 마음 편히 실컷 즐기며 행복한 시간을 추억으로 남기기 위해 함께 떠나고 싶어지는 것이다.

떠났다 돌아오면 다시 또 떠나고 싶어진다. 낯선 곳으로 향하는 흥분과 설렘을 커다란 봉지에 한가득 담아서 부풀어 오르면 몸에 매달아 준다. 길을 나설 때마다 발걸음도 부풀어 올라 날듯이 가벼워진다.

여행은 모두의 동경이다.

동경만으로 막연히 짐작하기보다 한 번 발걸음을 떼어 길을 떠나 보는 것이다. 그동안 동경과 동경이 주는 막연함으로 여건이 허락하는 한 틈틈이 여행을 다녔다. 지금까지 여러 나라 여러 도시를 다녀왔고, 앞으로도 끝나지 않을 동경의 발걸음은 계속될 것이다.

많은 곳을 많은 사람과 다녀왔지만 그중 가장 기억에 남는 여행이 있다면 아주 오래전 아무것도 몰라서 용기 낼 수 있었던 지금보다 훨씬 젊고 어린 시절에 절친한 친구와 단둘이 떠났던 첫 번째 해외여행이다. 여행 계획을 하고 한동안 틈틈이 용돈을 조금씩 모았다. 각자의 일정도 조정하고 이것저것 준비를 하면서 첫 번째 해외여행에 대한 설렘으로 잔뜩 부푼 마음으로 비행기에 몸을 실었다. 꽃샘추위가 한창일 무렵 따뜻한 나라로 떠나는 여행의 기대감으로 성급해진 마음은 벌써 머나먼 타국 땅으로 우리를 끌어다 놓았다.

첫 번째 해외여행지는 관광의 도시 태국이었다.

늦은 밤 방콕 공항에 도착하자마자 가는 비에 섞인 후덥지근한 공기가 한숨을 돌리기도 전에 빈틈없이 덮쳐 왔다. 낯선 땅에서 덮치듯 불어오던 바람에 실린 이국의 냄새가 우리를 반가이 맞이했다. 처음 느껴보는 밤

공기에 섞인 달짝지근한 냄새에 기묘한 기분마저 드는
것이 낯선 땅에 왔음을 실감나게 했다. 지금도 그렇지
만 잠자리가 바뀌면 쉽게 잠들지 못하는 터라 역시나
피곤하면서도 잠 못 이루는 여행지에서의 첫날밤이었
다고 기억한다.

거의 뜬눈으로 밤을 지새우고도 젊은 혈기로 씩씩하
게 본격적인 여행 일정을 시작했다. 첫 번째 관광지는
이름만 들어도 아름다울 것 같은 에메랄드 사원이었다.
하지만 아름다움을 눈으로 즐기기도 전에 우리는 에메
랄드 사원 앞에서 첫 번째 난관에 봉착하고 말았다. 여
행지에 대한 사전 정보가 미흡했던 것이다. 사원 안 출
입 시 다리를 드러내거나 뒤가 트인 슬리퍼나 샌들을
신을 수 없었는데 미처 그 사실을 몰랐던 것이다. 다행
히도 우리와 같은 처지의 사람들을 위해 사원 입구에서
는 옷과 신발을 대여해 주고 있었다.

당황스럽고 창피하기도 한 상황이 우리에게는 한편
재미있기도 했는지 얼마나 깔깔대고 웃었는지 모른다.
지금도 가끔 별일 아닌 일로 한번 웃음보가 터지면 멈
출 줄 모르는 내가 사람들의 시선에도 아랑곳하지 않
고 눈물이 나올 정도로 계속 웃었다. 그때의 우리는 사

소한 무엇에도 웃음이 헤플 수 있는 시절이었다는 것이 새삼 애틋하게 다가온다.

그런 나를 보면서 덩달아 웃던 친구의 웃음소리도 그칠 줄을 몰랐다. 그때 사원 입구 광장 끝에서부터 불어오던 열대의 붉은 꽃냄새가 섞인 무거운 바람에는 여행자들의 즐거운 소란에 섞인 우리의 웃음소리가 나만이 알아볼 수 있도록 아득하고도 희미하게 들려오고 있었다. 지금도 귓가에 남아서 언제라도 다시 듣고 싶어지는 유쾌한 웃음소리였다.

우리는 겨우 진정하고 나서 사원 안으로 들어갈 수 있었다. 처음 보는 화려하고 아름다운 사원 안의 휘황찬란함에 눈을 뗄 수 없었다. 온통 금과 화려한 보석으로 장식된 사원의 내부는 말 그대로 너무 눈이 부셔서 눈을 멀게 할 것만 같았다. 눈을 깜박일 때마다 순간순간 아무것도 보이지 않는 것 같은 느낌은 내가 어디에 있는지조차 알 수 없게 했다.

화려하게 남아 있는 부와 권력의 상징물들은 볼만한 구경거리가 되어 많은 사람을 그곳으로 불러들이고 있었다. 배 위에서 과일과 생필품을 파는 수상시장과 볼거리가 많았던 방콕의 왁자지껄한 야시장은 그 나라 사람들의 활기찬 일상을 엿볼 수 있었다. 처음으로 마셔 본 코코넛 열매는 한국에서 마시던 이온 음료 맛이 났다. 여기저기 쏘다니다 더위에 지쳐 피곤한 몸은 유명하다는 태국 전통 마사지로 피로를 풀었다. 신나고 재미나게 우리의 여행은 잘 마무리되어 가고 있었다.

마지막 날, 태국 여행의 대미를 장식할 알카자쇼를 보게 되었다. 첫 해외여행지인 태국에서 난생처음으로 여장 남자를 본다는 것은 그 당시에는 상상도 못 해봤던 문화 충격이었고, 그때 느꼈던 이질감과 어색함은 무어라 말할 수 없을 정도였다. 지금은 성 소수자에 대한 사회 인식도 많이 달라져서 이질감이 덜할 수도 있겠지만, 그 당시에는 정말 놀라고도 남을 일이었다. 결코, 좋고 나쁨의 문제가 아니라는 것은 인지하고 있었지만, 처음으로 맞이하는 광경에서 들이닥친 복잡한 감정을 표현할 길이 없어서 어찌할 바를 몰랐다.

더욱 놀랐던 것은 여자들보다 더 예쁜 그들이 아무리 봐도 남자로는 안 보였다는 것이다. 어쩌면 그렇게도 예쁘고 늘씬하고 아름다운지 어머나! 세상에!를 연신 남발하며 이색적인 광경에 입은 다물어지지 않았고, 동그랗게 뜬 눈은 커질 대로 커져서 화려한 쇼에 넋이 나갈

지경이었다.

  하지만 쇼가 끝나고 나면 조명이 꺼진 무대는 초라해지듯이 화려함 뒤에 남겨진 그들의 남모르는 고통을 듣고 인간적인 연민으로 마음이 아렸다.

  마지막 날 밤은 호사를 누려보자며 비싸고 호화로운 호텔 레스토랑에서 실컷 분위기를 내며 맛있는 저녁 식사를 했다. 여행의 마지막 날 밤은 뜨거운 열기 속에서 깊어가고 있었고, 우리는 아쉬워하며 며칠 사이 일들이 아주 오래된 먼 과거의 시간처럼 지나갔다며 한참을 재잘거렸다.

  선상으로 불어오는 습기를 가득 머금어 축축하게 젖은 밤바람은 다시 돌아가야 할 낯선 여행자의 아쉬운 마음에도 축축하게 젖어 들어 왔다.

  우리는 금세라도 다시 떠날 것처럼 다음번 여행을 계획하면서 그렇게 첫 번째 해외여행을 끝내고, 타국의 낯선 공기를 말끔히 다 지워내지는 못했지만 무사히 돌아왔다. 세상은 넓고 그 넓은 세상에 많은 사람의 다양한 삶이 있다는 것을 몸소 체험했던 첫 번째 해외여행은 많은 생각과 추억을 남겨준 소중한 시간이었다.

  사진으로 남겨진 우리의 모습을 보며 여행 뒷이야기

를 하고 있자니 아주 오래전 일처럼 아득해져 다시 떠나고픈 마음이 들기도 했다.

그때 여행을 다녀왔던 친구와 약속한 다음번 여행을 아직도 못 가고 있다. 각자 바쁜 삶을 살다 보니 당장 필요하지 않다고 생각되는 일들은 자연스레 뒤로 미뤄져서 그런 것 같다. 그렇게 많은 시간이 흘러버리고 친구와의 약속이 희미해지기는 했지만 잊지는 않고 있다. 언젠가는 지금보다 시간이 더 지나가기 전에 그때의 우리를 기억하며 이제는 조금 더 편안하고 홀가분한 마음으로 둘만의 여행을 꼭 떠나보리라 다짐한다.

낯선 여행지에서 웃고 있었던 젊은 날의 아름다웠던 모습들이 그리워지는 것은 너무나 서툴고 순수했던 그때 그 시절에 나를 다시 만나고 싶기 때문일 것이다. 언제나 그리운 것은 서툴고 순수했던 흰 구름처럼 지나간 시절의 모습이 아닐까 한다.

다시 돌아오지 않을 지나가 버린 시간은 누구에게나 늘 그리운 것이다. 그리운 시간 위에 또 다른 그리운 시간이 입혀지도록 겹겹이 껴입고, 흥분과 설렘을 커다란 봉지에 담아 길을 나섰던 것처럼 그리운 시간을 커다란 봉지에 담아 나머지 삶을 살아가도 좋다고 생각한다.

진정한 여행자의 자세는 여행을 떠났다 돌아왔을 때 자신의 발아래 핀 풀 한 포기조차 아름답고 소중하다는 것을 느끼는 것이라고 그보다 더 성숙한 사람은 여행을 떠나지 않고도 일상의 삶에서 아름다움을 발견하는 것이라고 누군가는 말했다.

나는 계속되는 여행에 대한 동경을 가슴에 깊이 품고, 성숙한 사람은 못 된다 해도 진정한 여행자의 자세를 잊지 않고 살아갈 것이다. 내 발아래 핀 풀 한 포기와 결핍과 폐허 속에서도 내 가슴에 핀 꽃 한 송이가 아름답고 소중하다는 것을 절실히 느끼며 산다.

진정한 여행자가 되어 내 가슴에 꽃을 피워 낼 수 있었던 시간으로 매일 떠났다 돌아온다. 그것을 진정한 여행자의 진정한 그리움이라 말한다.

그 사실을 절실히 느끼게 해주었던 사람에게로 향하는 진정한 여행자가 되어….

당신이 좋다.
당신이 좋아서 좋다.
당신이 좋아할 수 있는 사람이라서 좋다.
그런 당신을 더없이 사랑하는 내가 좋다.
언제나 좋은 바람처럼 당신이 좋다.

첫 번째 아이

첫 번째 아이

　어느덧 나는 세 아이의 엄마가 되어 있었다. 세상의 모든 엄마가 그렇겠지만, 아이들은 내 존재 이유이자 삶의 이유이다.

　어떠한 인연으로 나와 다른 타인과 삶을 함께 살아가기 시작하면서 보통의 사람들이 겪는 이러저러한 일들을 겪어가며 그 시간을 지나왔다. 문득문득 돌아보면 까마득한 옛이야기처럼 또는 낯선 타인의 이야기처럼 다가온다. 그 시간이 모두 즐겁고 행복한 것만은 아니었다. 사람 사는 일이라는 것이 항상 좋을 수만은 없다는 것을 살면서 저절로 알게 되었다. 어쩌면 또 그것이 사람이 세상을 살아가는 당연하고 자연스러운 일이라 생각했다.

　대학을 졸업하자마자 주변 친구 중에서 제일 먼저

결혼을 했다. 나의 외로움이 가족이라는 온전한 울타리 안에서 지친 몸과 마음을 편히 쉴 곳을 간절히 원했던 까닭이라고 생각한다.

살면서 부모가 없다는 것은 기댈 곳이 없다는 말과 같다는 것을 절실히 느끼며 살았다. 몸과 마음이 힘들고 아플 때 마음이 꺾이고, 무릎이 꺾이면 혼자 일어설 수밖에 없었다. 그런 내가 아이를 간절히 원하고 바랬던 것은 어디에라도 기대고 싶은 자신을 위한 본능 같은 것이었다. 그런 간절한 마음이 어떤 식으로든 내 운명을 결정지었다고 생각한다. 그렇게 엄마 없는 내가 엄마가 되는 것이 오랜 염원처럼 알게 모르게 마음속 깊이 자리 잡고 있었다.

살다 보면 자연의 섭리처럼 때에 따라 물 흐르듯이 흘러가는 일들이 있다.

내게 아이가 생긴 것도 자연의 섭리라 생각했다.

그런 뜻에서 내게 '엄마'라는 이름을 선물해 준 첫 번째 아이는 그 의미가 남달랐다. 출산은 내 외로움을 찢고 들어온 희망의 빛이었고 그 순간은 내게 기적과 같은 신비였다.

첫 번째 아이는 예쁘고 건강한 몸으로 내 품에 안겨

왔다. 여자가 위대한 어머니가 되기 위해 넘어야 할 태산 중 하나가 출산의 고통이라면 나는 그날 정말 높고도 힘든 산을 거의 실신 상태가 된 끝에 겨우 넘을 수 있었다. 그때의 고통은 이루 말할 수 없이 괴로웠지만, 딸아이가 꼬물대는 모습을 보는 순간 고통은 온데간데 없이 사라졌다. 정신이 아득해져 가는 순간 눈앞에 나타난 아이가 나를 깨웠다. 낯설고 어색한 모습의 불완전한 생명이 눈앞에서 꼼지락거리는 몸짓을 보았다.

신비로웠고 가슴 벅찼다. 나는 그날 그렇게 엄마가 되었다.

만지기도 조심스러운 조그만 아이가 처음에는 존재하지 않는 어떤 것처럼 현실감 없이 느껴졌다. 곁에 누워서 꼼지락거리는 손과 발을 만져보고 또 만져보면서 신기하고 또 신기한 기분이 들 때마다 엄마가 생각났다. 고요하게 잠든 평온한 얼굴은 세상의 때가 묻지 않은 무결점 순백 그 자체였다. 너무 좋아서 때때로 가슴 밑바닥에서부터 밀고 올라와 목구멍을 찔 듯이 뜨겁게 하는 기쁨의 눈물이 나고는 했다. 엄마도 어린 나를 곁에 두고 같은 감정을 느꼈을 것이라 생각하니 눈물이 또 터지고 말았다. 엄마를 생각할 때마다 아이 얼굴 위로 눈물이 뚝뚝 떨어졌다.

흰 피부와 부드러운 살결을 만질 때마다 살아 있는 또 다른 자신의 일부분을 확인하는 것 같았다. 아주 작은 입술이 투명한 비닐 껍질처럼 슬쩍 부풀어 올라 그 입으로 하품이라도 하면 얼른 코를 갖다 대고 숨소리에 섞인 달콤한 냄새를 맡아보면서 세상에 없는 잊지 못할 냄새가 난다고 생각했다. 시끄러운 바깥세상도 내 품 안에서 평온하게 잠드는 것 같은 충만한 행복이 마음에서 일었다.

아이가 태어나 품 안에서 자신의 세상을 바라보기 시작할 때부터 내 몸과 마음과 시간은 아이가 보는 세상에 맞추어져서 잠들어 있을 때조차 한 번도 멈춘 적이 없는 시계처럼 바쁘게 돌아가고 있었다.

딸은 계절 안에서 무럭무럭 자랐다. 큰딸에 이어 작은딸이 생겼다. 두 딸을 양팔에 하나씩 끼고 있으면 천하무적의 든든한 팀이 생긴 기분이 되어 힘들어도 힘든 줄 몰랐다. 게다가 조금의 터울을 두고 우여곡절 끝에 막내아들까지 얻었으니 목에 힘을 잔뜩 주고 다녀도 누구 하나 나무랄 사람이 없었다. 아무것도 가진 것이 없었던 내게 막대하고도 위대한 재산이 생겼다.

시간은 또 무심한 듯 잘도 흘러주었고, 사랑하는 나의 세 아이는 무심한 듯 흐르는 시간처럼 별 탈 없이 잘 자랐다. 큰딸이 초등학교를 입학할 때가 되자 학부모가 된다는 사실에 덩달아 긴장되고 설레기도 했다. 무엇보다도 하나부터 열까지 내 손을 거치지 않으면 안되는 까다로운 아이가 혼자서 학교생활을 잘할 수 있을지 지레 걱정이 되어서 안절부절못하는 것은 초보 학부모가 감당해야 할 몫이었다.

학교 가는 날이 다가오자 정작 딸아이는 유치원의 연장이라는 생각이 들었는지 별다른 기색이 없었는데, 온갖 걱정으로 잠을 제대로 이루지 못하는 것은 나였다. 내가 초등학교 3학년 때 새 신발을 신고 학교 화장실에서 미끄러지는 바람에 발목을 삐끗했던 기억이 있어서 그런지 맨 먼저 학교 화장실을 혼자서 잘 다닐 수 있을지 걱정이 되었다. 엄마 없이도 친구들과 어울려 학교생활은 잘 해낼 수 있을지, 집에서 원하는 대로 매일 맛있는 음식을 해주던 엄마 탓에 급식이 혹여 입에 안 맞아 불평불만 하는 것은 아닐지, 지나고 나서 생각해보니 별의별 쓸데없는 걱정들을 혼자서 다 하고 있었다. 평상시 호들갑을 떠는 극성스러운 엄마도 아니었는데,

큰딸과 맞이하는 모든 것들이 처음이라는 것 때문에 유독 예민하게 생각하고 걱정했던 것 같다.

매일 아침 큰딸은 학교로 작은딸과 아들은 유치원으로 따로 또 같이 아이들의 시간과 나의 시간이 활기차게 움직이고 있었다.

어느 날 아침 학교 앞 건널목을 건너 계단을 올라가는 딸아이를 지켜보고 있었다. 가파른 계단을 오르는 딸아이의 등에 매달린 가방은 남달리 마르고 작은 몸을 다 덮고도 남았다. 그렇지 않아도 큰 가방이 더 커다랗게 보여서 가방이 혼자서 뒤뚱거리며 계단을 오르고 있는 것 같았다. 그 모습을 보고 있자니 갑자기 울컥해져서 딸이 계단을 다 올라갈 때까지 눈물로 흐려진 눈앞이 뿌옇게 보였다. 큰딸이 병원 수술대 위에서 맨 처음 내 품에 안겨 왔을 때의 모습을 떠올리며 언제 저렇게도 커서 자기보다 큰 가방을 들쳐 매고, 자신의 세상을 가파른 계단을 오르듯 하나씩 오르기 시작했다고 생각하니 가슴이 벅차올랐다. 그 순간 내 엄마가 나를 바라보고 있는 모습이라고 느껴졌다. 어쩌면 내가 엄마에게 보여주고 싶었던 모습이라는 생각도 했다. 그렇게 여러 가지 남모를 감정들이 솟아나 큰 가방에 가려 보이지 않던 딸의 작은 등이 눈앞에서 완전히 사라질 때까지 눈물을 훔치며 한참을 그렇게 있었다.

그때의 내 마음을 그 아이도 엄마가 되면 조금은 알 수 있을까?

중학생이 되면서 큰딸에게도 사춘기가 찾아왔다. 엄마 품에서 한 발짝도 앞으로 나아가지 않으려 했던 큰딸은 또래 여자아이들이 그렇듯이 친구들의 세계로 들어가 그곳에서 더 많은 시간과 즐거움을 찾기에 이르렀다. 그렇다고 특별히 큰 사건, 사고도 없었지만 품 안에 잘 넣어둔 따뜻한 무엇 하나가 빠져나가서 휑해진 느낌이 들었다. 그때 내가 처음으로 느낀 허전함과 공허함은 앞으로 혼자 감당해야 할 시간의 시작이었다. 지금은 그러한 과정들을 당연하고 익숙하게 받아들이고 살지만, 아이들 이외에 어떤 것도 생각해보지 않았던 나에게는 첫 아이의 성장 과정에서 스스로 겪어내야 했던 숙제 같은 것이었다.

딸의 그러한 시간을 지켜보며 허전함에 걱정과 염려가 더해지는 다른 아픔을 알게 되었다. 모든 것이 처음이었던 첫 아이와의 좋았던 시간만큼이나 혼자서 마음 아파했던 시간이었다. 품 안에 자식이라는 말이 있듯이 이제 내 품을 벗어난 딸이 스스로 무엇이든 할 수 있도록 준비해야 하는 적당한 때가 되었던 것이다. 엄마로서 나의 역할은 한 발짝 물러나서 그저 지켜보고 바라봐 주면서 몸과 마음이 아프지 않은지를 세심하게 잘 살피는 일이었다. 내 허전함 때문에 아무 문제없이 학교생활을 잘하고 있는 딸을 특별한 이유 없이 다그칠 이유도 없었다. 다만 언제든 찾아오고야 마는 순간들 앞에 서서 자신의 세상으로 나아가는 과정을 잘 해내리라 믿고 있었다. 그 믿음으로 아이들을 응원하면서 나에 대한 격려와 응원도 스스로 했다.

내 마음에 자리 잡은 큰아이에 대한 애정과 책임과 의무가 앞으로 살면서 겪어내야만 하는 일들을 넘어설 수 있는 무한한 힘이 되어 주기를 바랐다. 그것으로 충분히 행복하다고 생각하면서 아이들이 커가면서 겪게 되는 서운한 마음을 지워내려 한다.

큰딸이 대학생이 되자 시간이 훌쩍 건너뛰어 버린 것 같았다. 그동안 지나온 시간이 까마득하게 느껴졌다. 오로지 아이들만 바라보며 살아왔던 내 삶도 이제 좀 편안해지는 날들이 다가오고 있는 것 같았다. 하지만 세상만사가 모두 원하는 대로 핑크빛으로만 물들어 주는 것은 아니었다.

그런 날들을 막연히 고대만 하고 있던 어느 날 예기치 않은 시련이 들이닥쳤다.

내가 하루아침에 암 환자가 되어 나와 가족에게 한날 한시에 아픔이 찾아온 것이다. 처음에는 설마 했던 병이 가볍지 않아서 단단히 각오를 해야만 했다. 서울로 매주 병원을 오가기 시작하자 큰딸이 항상 곁을 지켜주어서 힘들고 외롭지 않았다. 병원 갈 때마다 길어지는 대기 시간은 사람을 지치게 하고는 했는데, 새벽 첫차를 타고 올라와 잠도 부족했던 딸아이가 병원 복도 의자에 앉아 웅크리고 잠들어 있는 것을 보면서 내 몸보다 훨씬 큰 아픔이 밀려왔다. 그래서 이후로는 보호자가 필요할 때가 아니면 혼자서 병원에 다니기 시작했다. 가능하면 혼자 할 수 있는 일은 혼자 하면서 가족들과 딸을 힘들게 하고 싶지 않았다.

솔직히 말하자면 너무 무섭고 아팠던 내 마음을 어리게만 보이는 딸아이에게 내색할 수도 없었다. 그러다가 불현듯 무서운 생각들이 나를 짓누르고 잠 못 들게 하는 날들이 있었다. 그런 날은 잠이 들었다 깨기를 반복했다. 꿈이라도 꾸다 깨어나면 하염없이 눈물이 났다.

아쉬움의 눈물인지, 그리움의 눈물인지, 회한의 눈물인지 알 수 없는 눈물이 커다란 이불처럼 나를 다 덮고도 남았다. 그럴 때마다 어둠 속에서 말없이 손을 내밀어 잡아 주는 딸아이가 있어 눈물을 멈출 수 있었다.

몸이 아팠을 때만이 아니라 살면서 매 순간 지치고 아픈 마음이 눈물을 가져다줄 때마다 내 마음에 귀 기울여 주고 때로는 보듬어 안아주며 친구처럼 삶의 동반자처럼 곁에 있어 주는 딸들이 있어 진심으로 감사했다.

걱정스러워하던 딸들도 무덤덤하게 상황을 받아들이는 나를 보면서, 그렇게 엄마가 아픔을 덜어내는 방식을 이해하고, 시간에 무뎌져야 다음날을 살 수 있다는 것을 알 만한 나이가 되었다. 엄마가 아프고 힘든 시간을 너무나 잘 견뎌내 주어서 감사하다고 했다. 어쩔 수 없이 받아들여야만 하는 병과 아픔의 날들이 최악의 상황이 아니라 그나마 다행이라고 생각했다. 그런 생각이 우리의 마음을 조금은 덜 아프게 했고, 서로를 더 잘 이해하면서 끝날 것 같지 않던 날들을 지나올 수 있었다.

지금도 큰딸은 큰 병 앞에서도 꺾이지 않고, 변함없는

모습으로 누구 못지않게 건강한 모습으로 있어 준 엄마
에게 안도와 감사를 표현한다. 그런 딸이 가끔 내게 행
복한지를 물어온다.

　나는 대답한다.
　힘든 날도 네가 있어 행복했고, 행복하고, 행복할 것
이라고.

　이제는 남아 있는 날들을 하고 싶었던 것을 하면서 자
유롭게 살아가라며 누구보다 나를 든든하게 응원해 준
다. 그런 응원에 힘입어 얼마 남지 않았다고 생각되는
날들을 의미 있게 잘 써보겠다 했다. 그동안 자신들을
위해 애써주었던 엄마의 시간을 감사하고 있을 것으로
믿고 있다.
　가끔 서랍 안쪽에 하얀 종이에 꽁꽁 싸매놓은 딸아
이의 얼룩진 배냇저고리를 꺼내서 얼굴에 갖다 대본다.
나만이 알 수 있는 아이의 냄새가 아직도 배어 있다. 그
냄새는 사랑하는 사람을 뼛속 깊이 새겨 넣었듯이 내
안에 새겨져 있다.

두 번째 아이

두 번째 아이

만삭의 몸으로 아직은 어렸던 큰딸을 돌보며 기록적인 무더위로 엄청나게 더웠던 1998년 여름을 보내야 했다. 그해 여름의 작열하는 태양은 대지의 모든 것들을 태워서 흔적도 없이 사라지게 했다.

그 뜨거운 태양 아래에서 더 뜨거운 새로운 생명이 내 게서 잘 자라나고 있었다. 불어난 몸으로 무더운 날을 견디기가 여간 힘든 게 아녔다. 평소보다 많이 불어난 몸 때문인지 쌍둥이 아니냐는 둥, 아들 같다는 둥, 장군감이라는 둥 가족들은 은근히 아들을 바라는 눈치였다. 정작 나는 성별을 상관치 않았다. 주변의 기대 때문이었는지 호랑이띠로 태어난 작은딸은 아들 못지않은 에너지로 연년생 엄마가 된 내게 잠시도 쉴 틈을 주지 않았다. 몸을 둘로 나누어 쓰고 싶을 정도였다.

작은딸은 밝고 쾌활하며 유머러스해서 친구들 사이에 신임도 두터운 데다 리더십은 하늘을 찔렀다. 고등학생이 되자 공부보다는 학교 활동에 열의와 성의를 다해 바쁜 시간을 보냈다. 남들이 있는 힘을 다해 공부하는 고3 때는 학생회장까지 맡아 가면서 본인이 원하는 일에 몰두했다.

수능이 가까이 다가온 시점에 해외 봉사 활동에 선발되어 준비하는 데 시간을 보내기도 했다. 엄마인 나로서는 그런 딸아이의 열정과 소신을 믿어주고 지켜봐 주며 응원해 줄 수밖에 없었다.

작은딸은 원하는 대학 진학에 실패하고 말았다. 가족들의 실망감은 이루 말할 수 없었고, 받아들이기 힘들었던 시간이었다.

결국 재수를 선택했지만 두 번째 도전 또한 실패로 돌아갔다.

실망감과 좌절감으로 아파하는 딸을 보면서 해줄 수 있는 일이 없어서 내 마음 또한 말할 수 없이 아팠다.

딸은 전혀 생각지도 못했고 남의 일처럼 말로만 듣던 삼수생이 되었다. 작은딸이 다시 공부를 시작했을 즈음

내 몸에 이상이 생겼다는 것을 알게 되었다. 병원을 오가며 검사, 수술, 치료의 과정을 거치느라 시간 가는 줄도 몰라서 공부하는 딸을 제대로 살펴주지 못했다. 병원에 누워 있으면서도 그 점이 내내 미안했다.

혼자 공부하느라 힘들 텐데 아픈 엄마 생각에 마음 쓰여서 공부나 제대로 하고 있는지, 딸을 생각하면 안쓰러워지고 그런데도 아무것도 해 줄 수 없어서 마음이 더 아팠다.

딸은 딸 대로 몸도 마음도 아프고 힘들면서도 더 아프고 힘든 엄마 생각에 내색도 못 하고 집을 떠나서 자신이 선택한 고생을 버텨내고 있었다. 두 번째 항암 치료를 하던 날 엄마가 병원에 있는 줄 알면서도 아파서 견디다 못해 전화했던 딸…. 주삿바늘을 몸에 꽂은 채로 전화기를 붙잡고 수화기 너머로 들려오던 울먹이는 목소리에 목이 메 아무 말도 할 수 없었다. 그저 눈물만 줄줄 흘렸다. 우리는 전화기를 붙잡고 말없이 한참을 같이 울었다. 아프다는 딸의 말에도 해줄 수 있는 일이 없어서, 예전처럼 당장 달려가서 안아 줄 수도 없어서, 할 수 있는 것은 같이 우는 것밖에 없어서 눈물만 더 났다.

우리는 각자 자신의 아픔과 서로의 아픔을 생각하며 두 사람 몫의 눈물을 함께 흘렸다. 내 몸 아픈 것쯤은 백 번도 천 번도 참고 견딜 수 있었다. 하지만 내 아이들이 아프다 하면 언제든지 내 마음은 그보다 더 말할 수 없이 아파져 온다.

내가 아팠던 시기에 삼수생이 되었던 작은딸과 내가 가장 힘들었던 시간은 정작 그때가 아니었다. 작은딸이 재수를 한다고 했을 때였다. 처음에는 반대했다. 긴 시간 다시 힘들게 공부해야 하는 딸이 겪을 고생을 걱정하는 엄마의 마음이었다. 하지만 아이의 고집과 소신에 부모가 해줄 수 있는 것은 그 선택과 판단을 믿어주는 일이라 생각해서 결국은 원하는 대로 한 번의 기회를 더 주기로 했다.

그야말로 단단히 각오하고 경기도 양평의 외진 세상과 단절된 곳을 스스로 선택했다. 집을 떠나기 전부터 눈물 바람을 하던 나는 짐을 꾸리면서도 내내 눈물이 멈추지를 않았다. 그때는 딸이 집을 떠나 고생을 하러 간다는 생각에 겪지 않아도 될 고통을 우리만 겪는 것 같아 받아들이기 쉽지 않았다.

떠나기 전날 밤부터 날이 새도록 울어서 퉁퉁 부은 눈

으로 운전대를 부서져라 힘껏 붙들고 딸의 짐을 싣고 떠났다. 그 많은 눈물이 도대체 어디서 나오는지 나도 모르게 쉬지도 않고 흘러서 운전하기조차 힘들 정도였다. 큰딸과 아들도 동행해 줘서 그나마 조금 위안이 되었다.

양평에 있는 기숙 학원에 도착해 보니 숨이 턱 막혔다. 주변은 첩첩산중으로 밤이 되면 불빛 하나 찾아보기 힘든 산자락에 있었다. 돌아오는 내내 눈물이 그만 좀 멈춰줬으면 좋겠는데 멈춰지지 않았다. 가슴이 한 올 한 올 가닥가닥 갈라져서 달리는 차 창문에 들러붙어서 떨어지지 않았다.

그 깊은 산 속 세상과 단절된 적막한 곳에 남겨두고 온 딸이 계속 눈에 밟혀서 두 볼이 시리고 아파도 눈물은 계속 흘렀다. 돌아오는 길에 비까지 내리기 시작하자 마음은 더 심란하고 슬퍼지기만 했다. 슬펐던 마음은 이후로도 오랫동안 눈물이 그치게 내버려 두지 않았다.

혼자서 마음을 단단하게 먹고 견뎌내기는 쉽지 않았다. 나 혼자 편하게 누운 이부자리와 배부름조차도 미안한 일이 되어버렸다. 괜찮다 괜찮다는 말을 자장가처럼 곁에서 들을 수 있게 해준다면 그쯤에서 내 눈물도 멈춰질 것 같았다. 편히 잠들 수 없을 것 같은 밤들이 끝나기를 기다려야만 했다. 조금 더 지나서 깊은 한숨이 옅어지면 숨 가쁘게 시간의 계단을 오르는 일도 차츰 익숙해지리라 생각하며 말라버린 눈으로 잠이 들었다.

 일 년이 채 안 되는 시간이 우리에게는 너무 길게 느껴졌다.

 작은딸은 집을 떠나 몸도 마음도 고생이 이만저만이 아니었다. 신경성인지 제대로 잠도 못 자고 제대로 먹지 못해서 자주 아팠다. 그때마다 달려가서 안아주었다. 내가 할 수 있는 일은 잘 먹이고, 오랜만에 곁에서 함께 잠도 자면서 하지 못한 이야기들을 나누며 지친 몸과 마음을 쉬어가게 해주는 것이었다. 그리고 나면 한동안은 딸도 나도 버틸 힘이 생겼다. 그렇게 계절이 바뀌어 갈 때마다 더울 때나 추울 때나 아프지 않고 지나가기를 마음 졸이며 기다렸다. 그렇게 학수고대하던 수능날은 다른 지역에 지진이 나는 바람에 다시 일주일 후로 미뤄졌고, 어쩔 수 없는 상황에 모두 허탈해하고 안타까워했다.

 드디어 수능을 보는 날 딸이 시험을 보고 있는 동안
에 새벽 댓바람부터 서둘러 양평 그 삭막한 곳으로 갔
다. 시험이 끝나고 나오면 엄마 품에 제일 먼저 안길 수
있도록 기다리고 있었다. 딸이 혼자 쓰던 방은 마치 수
도승의 방처럼 변변한 무엇 하나 없이 초라하기만 했다.
이렇게 작고 낯선 방 안에서 혼자 그 많은 밤을 나처럼
잠 못 이루었을 딸을 생각하니 기다렸다는 듯이 문밖에
눈이 녹아내리는 것처럼 눈물이 발아래로 흘러내려와
떨어졌다.

 작은 창문으로 겨우 내다보이는 밖은 온통 산으로 둘
러싸여 있었다. 외진 곳이라 기온이 낮아 11월인데도
벌써 눈이 한 번 왔었는지 빛이 들지 않는 나무 그늘 주
변은 녹다 만 눈의 찌꺼기가 흙더미 위에 드문드문 하
얗게 덩어리진 채로 남아 있었다. 자연을 일부러 즐기
기 위해 이렇게 멀고 깊은 산 속까지 찾아 들어왔다면
모를까 겨울의 적막이 너무도 깊어 내 딸처럼 가여워서
더욱 처량하게 보였다.

 드디어 끝날 시간이 반가웠다. 딸아이를 기다리며 마
지막 종이 울리면 달려가 품에 안아 보리라 했다.

문밖 복도 끝에서 달려오는 딸의 목소리가 쩌렁쩌렁하게 울려 퍼졌다. '엄마!' 얼마 만에 품에 안아 보는 내 새끼인지 그동안 얼마나 마음고생이 많았을 내 새끼인지 애썼다, 고생했다며 차가운 기운이 돌던 먼지 냄새 가득 찬 복도에 서서 한참을 둘이 부둥켜안고 울었다.

그때 딸과 내 모습을 봤던 누구에게라도 어두침침한 복도 끝에 원래부터 자리 잡고 있었던 어떤 형상이 서로 엉킨 채로 움직이지 않는 그림자가 되어 보였을 것이다. 그곳은 우리 두 사람 말고는 사람의 온기라고는 하나도 남아 있지 않은 것 같았다.

외딴곳에서 맞이하는 겨울의 낮은 짧고, 밤은 빨리 어둠을 드리웠다. 저녁이 내리자 차가운 바람에 눈발이 섞여서 날리기 시작했다. 그날 그곳에 있던 아이들은 어두워진 하늘에서 운동장 위로 내리는 흰 눈을 보며 해방된 기분을 느끼고 있었다. 모두가 견뎌낸 지난 시간이 어둠 속에서 흩날리다 사라져가는 눈발 같았다.

흰 눈이 내릴 때 곁에서 하얗게 웃고 있는 딸을 보면서 그동안의 눈물들이 눈이 되어 내리는 것 같다고 생각했다. 눈이 내린 배경은 더욱 눈부시고 아름답게만 보였다. 살면서 매번 힘든 시간이 어떻게든 지나가는

것에 깊이 감사했다. 하지만 그렇게 마음 아픈 고생에
도 바라던 일들은 우리가 원하는 대로 되어 주지는 않
았다. 딸은 그 어느 때보다 자신을 혹사하면서까지 최
선을 다해 열심히 했지만, 결과는 만족스럽지 못했다.
딸의 도전은 다시 시작되었다. 어쩌면 앞으로도 계속
딸의 인생은 도전과 좌절과 결실과 희망의 연속이 될
것이다.

눈에 보이는 특별한 무엇이 없이도 그러한 과정을 거
치면서 몸도 마음도 성장해서 조금 더 단단해지고 조금
더 커졌을 것이라 믿기에 결코 헛되이 보낸 시간은 아니
었다고 생각한다.

세 번째 시험이 끝나자 이제 정말 마지막을 맞이한 홀
가분한 기분으로 그동안 못했던 나의 병간호를 자청해
서 해주었다. 방사선 치료를 위해 병원에 입원해 있는
동안은 말할 수 없이 힘들면서도 참아낼 수 있었던 것
은 그나마 딸들이 곁에 있었기 때문이었다. 그때 나는
몸보다는 마음이 무척이나 아팠고, 그렇게나 아팠던 마
음은 내색도 하지 못하면서 혼자 부서지고 있었다. 그
렇게 부서지던 마음 하나 누구에게도 이야기할 수 없었
다.

어렵고 힘든 시간을 거치고 내 곁으로 돌아온 딸은 조금 더 어른이 되어 있었다. 그런 딸의 성장은 우리가 견뎌낸 시간이 준 또 다른 선물 같은 것이었다. 세 아이가 서로 다른 방식으로 세상을 살아가듯이 엄마에 대한 깊은 애정을 표현하는 방식도 각자 다르다.

그렇지 않아도 남달랐던 둘째 딸의 엄마에 대한 애정은 스스로 견뎌낸 힘겨운 시간 동안에 더 깊어졌다. 엄마가 없었으면 불가능했던 자신의 모든 시간에 감사했고, 무엇보다 자신을 위해 최선을 다해준 시간에 감사했다. 세상에서 엄마를 제일 예쁘고, 똑똑하고, 현명하다고 생각하며 누구보다 잘 알고 있는 엄마의 삶을 잘 견디며 살아와줘서 존경한다고 말하는 딸이다.

자식에게 존경받는 부모가 된다는 것은 어렵고 힘든 일 중 하나라고 생각한다. 그래서 더더욱 딸의 그런 생각과 말은 내게 크나큰 자부심이 되어 준다.

누구도 완벽한 삶을 살 수 없고, 아직도 많이 부족한 내가 그래도 조금은 괜찮은 삶을 살았다는 위로가 되는 말이라서 더욱 뿌듯하다. 자신들의 엄마로만 살기에는 아깝다며 늦지 않았으니 한 사람으로 여자 박·정·윤으로 살아가라고 진심을 담아 말해준다. 그 말이 얼마나 힘이 되고, 지나간 아픔들에 대한 보상 같은 말인지 가슴을 뭉클하게 하고 눈물 나게 했다.

아직 어리게만 보이지만 큰딸에 이어 작은딸 또한 소중한 내 삶의 동반자다. 누구보다 엄마를 깊이 이해하고 엄마의 가치와 소중함을 잘 알아준다. 그렇게 사랑하는 딸이 엄마라고 부를 때마다 가슴이 불에 덴 듯이 뜨겁다. 내가 마음껏 불러보지 못했던 깊이 숨겨둔 이름 엄마!

엄마라고 마음껏 불러보지는 못했어도 나를 엄마라고 마음껏 불러주는 두 딸과 아들이 있어서, 그 아이들에게 첫 번째 세상이 될 수 있어서 많은 날이 그립고 아쉽지만, 누구도 원망하지는 않으며 살 수 있었다.

오늘도 내 품에 안겨 오는 딸의 미소가 여전히 사랑스럽다.

어떤 시련과 아픔에도 그 아름답고 사랑스러운 미소를 잃지 않기를.

나의 남자, 나의 연인

내가 가진 것을 주고도
더 주고 싶은 마음이
모자라고 또 모자라서
가난함을 알게 되었다.
그럴 때마다
나 하나면 된다고 했던
당신의 말에
아주 오랜 슬픔이 덜어내겼다.

나의 남자, 나의 연인

　봄날의 바람이지만 아직은 온전하게 따스하지는 않았던 오래전 어느 날이었다. 열어놓은 창문 틈으로 조심스레 들어오는 밤바람이 아직은 봄의 따스함을 다 담아내지는 못하고 있었다.

　바람이 스치는 것인가 싶어서 등 뒤 인기척에 뒤돌아보니 상기된 얼굴의 아들이 있었다. 읽다만 책을 한 손에 들고 다가와 와락 허리를 끌어안더니 소리 내서 울기 시작했다. 어리둥절했지만 잠시 가만히 그대로 있었다.

　"엄만 아프지 말고 오래오래 살아야 돼⋯."

　울음 섞인 아들의 흐느낌이 들려왔다. 그 울음 섞인 울먹임에 딛고 서 있던 발끝에서 손끝을 거쳐서 머리끝까지 물에 젖은 손으로 전기선을 만진 듯 찌릿함이 전해져 왔다. 그 찌릿함이 심장을 빠르게 고동치게 했다.
그렇게 한참을 내 품에 안겨 울먹이던 아이는 이내 눈
물을 그치고 나더니 쑥스러운 표정으로 휙 달아나버렸
다.

『엄마의 마지막 선물』이라는 책을 독후감 쓰기 숙제
가 있어서 읽었다고 했다. 병을 앓던 엄마가 죽어가며
어린 아들에게 남긴 선물에 대한 이야기가 적힌 책을
읽으면서 엄마 생각으로 슬픔에 겨워 눈물을 흘렸던 거
였다.

그렇게 어린아이를 두고 떠나야 했던 엄마의 마음은
어땠을까…, 남겨진 아이의 마음은 어땠을까…, 엄마는
아이에게 어떤 마지막 선물을 남겨 주었을까….

그런 생각을 하다 보니 문득 궁금해졌다. 책을 읽다
가도 제 엄마 생각에 울던 내 아이를 위해 나라면 과
연 어떤 선물을 남겨줄 수 있을까? 남달리 특별한 것을
줄 수 있는 것이 없지만 줄 수 있는 것은 무엇이라도 다
주고 싶은 마음은 당연하게 늘 있었다. 그런 마음으로
부족하고 모자라지만 내 전부를 다 주고 있다는 생각
이 들었다. 지금 함께하고 있는 이 시간과 공간에 담겨

있는 내 전부를 매일 매 순간 저 아이에게 주고 있다고.

엄마가 자신에게 무엇을 이야기하고, 무엇을 좋아했는지를 먼 훗날에 기억할 수 있다면 함께한 모든 시간을 기억할 수 있다면 아름다운 추억이라는 이름의 특별한 선물을 남겨주게 될 터이다. 그리워질 때마다 열어볼 수 있는 추억 상자를 매일 하나씩 채워가고 있는 오늘도 아이는 내 곁에 나는 아이 곁에 있다. 우리는 아직 함께 있고 영원히 함께 있을 것이다. 기억하는 한….

눈물을 흘리며 나에게 달려와 안겨 왔을 때 허리춤 정도 왔던 키로 겨우 매달려 끌어안았던 초등학생 내 아들이.

마냥 어린애로만 보였던 막내아들이. 이제는 나를 넘어서서 오히려 올려다봐야 할 정도로 컸다. 어깨동무라도 해보려면 발뒤꿈치를 들고 거의 매달리듯 해야 한다. 막내아들을 보면 두 딸과는 또 다른 기분이 들고 참 시간이 많이도 흘렀다는 생각이 든다. 자라난 키만큼이나 마음도 커졌기를 바라는 엄마의 마음을 아들도 알 수 있을까? 이제 고등학생이 된 아들은 사춘기를 지나면서 엄마 품보다는 친구들의 곁이 훨씬 더 좋은 남자가 되어 가고 있다.

첫 아이와 둘째 아이 때도 은근히 아들을 바랐던 가족들을 애써 모르는 척했다. 그렇다고 마음이 마냥 편하지는 않았다. 분명 잘못한 일은 없는데, 잘못한 것 같은 마음은 마치 숙제를 못해 혹여 지적이라도 받을까 찜찜한 그런 기분이었다.

다행히 세 번째 아이는 아들이었고, 의도하지는 않았지만 졸지에 두 딸에 이어 아들을 가진 200점짜리 엄마가 되었다. 아들이라서가 아니라 막내라는 이유가 애착을 더 커지게 했다.

약간의 터울이 있던 막내아들 덕분에 자칫 무료할 수도 있었던 시간이 모자 관계를 돈독하게 해주고 있었다. 내가 가는 곳은 어디든 따라다니며 보호자 겸 아들 겸 할 수 있는 역할은 모조리 해주었다. 연인 같은 아들이 있어서 호사를 누릴 수 있었던 시절이 지금은 지나간 그리운 시간이 되었다.

늘 곁에 있으면서 엄마의 정서를 공유하고 공감했던 아들은 보통의 남자아이들보다 서정적인 감성을 이해할 줄 알았다. 가끔씩 넋두리 같은 내 혼잣말을 들으면 무슨 말인지 이해한다면서 웃어 보이고는 했다. 그래서 따뜻한 바람이 부는 날 카페테라스에 앉아서 바람이 주는 느낌을 주거니 받거니 이야기했던 봄날 밤을 우리는 아직도 기억하고 이야기한다.

그렇게 위로와 위안이 되어 주었던 아들도 사춘기가 되면서 친구들에게 자신의 곁을 다 내주었다. 남자아이라서 그런지 딸들보다 더 많이 더 크게 친구들이 자리 잡은 것 같았다. 아이가 남자가 되어 가는 과정에서 두 딸만 키우던 내게는 낯선 모습들도 있었다. 특유의 남자다움을 가진다고나 할까? 딸들은 같은 여자라는 공통분모가 있어서 사춘기에도 그나마 이해하고 공감할 수 있었다. 하지만 아들의 경우는 조금 달랐다. 응석받이 엄마 바라기 아들의 모습은 어느 순간 자취를 감추고 말 없는 남자 녀석이 점점 내 앞으로 다가오고 있었다. 연인 같은 아들과 나의 돈독한 관계를 지켜보던 사람들이 말하기를 품에서 내어 놓으려면 꽤 힘들 거라고 걱정들을 했다. 하지만 사람들의 염려와는 달리 크게 걱정하지는 않았다. 두 딸의 경우처럼 성장해 나가면서 거치는 하나의 과정이라 생각했고, 이미 두 번의 경험으로 받아들일 마음의 준비를 어느 정도는 하고 있었다. 하지만 사실이 그렇다고 하더라도 어느 부모라 할지언정 자식의 일이 마음의 준비를 한다고 해서 쉬운 것은 결코 아니라는 것을 알고 있었다. 다만 내색할 수 없었던 마음을 혼자 해소해 보기도 하고, 때때로 딸들에게 하소연을 해보기도 하며 애써 태연한 척 웃어 보였다.

'아들! 엄마는 너를 믿어!'라고 말하며 속으로는 '언제까지 믿기만 하고 있어야 하는 것인가!' 휴우 하고 깊은 숨이 쉬어지기도 하는 것이 현실이다.

특히나 남자아이들은 잔소리를 해도 귓등으로도 안 듣는다는 선배들의 조언에 힘입어 아들이 인정해 줄 정도로 잔소리를 안 하는 아주 마음에 드는 엄마가 되었다.

이제는 어깨동무를 하기도 껴안기도 힘들게 많이 커버린 아들이 가끔씩 변성기 지난 낮은 목소리로 엄마라고 부르면 화들짝 놀랄 때가 있다. 그런 나를 보며 놀리듯이 아들은 웃어 보인다. 작은딸처럼 안 그래도 올라간 입꼬리가 웃으면 눈꼬리까지 치고 올라가 너무 예쁘고 사랑스럽다.

이제는 각자의 바쁜 일상으로 함께 하는 시간이 적어서 틈나는 대로 눈에 보이기라도 하면 아들이 어릴 적에 나한테 했던 것처럼 딱 붙어서 집 안 이곳저곳 가는 곳마다 졸졸 따라 다녀본다. 그럴 때마다 '엄마 왜 이렇게 귀여워. 핵 귀여움!'이라며 내 어깨에다 팔을 척 올려놓는다. 아들에게 귀엽다는 말을 들으니 기분이 좋은 것은 당연지사이고, 핵 귀여움, 레알 귀여움은 요즘 그 나이 또래 아이들이 쓰는 일상 언어인가 보다 한다. 나는 아들에게 잔소리 안 하는 귀여운 엄마가 되었다. 속마음은 잔잔한 호수 아래 오리발 같으면서 말이다.

아들과는 여행을 많이 다녔다. 딸들과는 오랫동안 함께 할 시간이 많은데 반해 아들은 남자로 커가면서 단둘이 보낼 시간이 점점 줄어들 것을 예상하고 최대한 많이 다녔다.

나에게도 아들에게도 그 시간들이 많은 추억을 남겨주었을 것이라 생각하고, 그 시간 동안 나눈 따뜻한 마음이 세상을 따뜻한 눈으로 바라보게 해 줄 것이라고 생각한다.

유순하고 매사에 근심 걱정이 없는 우리 아들이 엄마의 갑작스러운 병을 어떻게 받아들였을지 궁금했다. 사춘기 아들의 무거워진 입은 친구들과 있을 때만 가벼워졌으므로 이전처럼 시시콜콜 내게 이런저런 이야기를 하지 않았고, 자신의 마음을 표현하는 일은 더 인색해졌다. 딸들과는 많은 이야기를 늘 하고 있으니 생각과 느낌을 어느 정도는 공유할 수 있는데, 아들은 어떤 생각과 느낌으로 힘들었던 시간을 받아들였는지 아직도 궁금하다.

 한 번은 지나가듯 무심하게 '괜찮아?'라고 무거운 동전 뭉치를 툭 던지듯 묻는 그 짧은 한마디에 울컥해서 그동안 하지 못한 말 대신 눈물로 답을 했다. 내 앞에 툭 던져진 말이 무거운 바위가 되어 아프게 누르고 있었다. 항암을 하고 나서 내 헤어스타일에 변화가 왔을 때는 늘 모자를 쓰고 있었는데도 차마 보려고 하지 않았다. 나를 똑바로 쳐다보지 못하고, 말을 삼키며 눈가에 물기가 맺혀서 고개를 돌리던 아들의 모습이 내내 가슴에 남아 있었다.

 어쩌면 아들이 사춘기를 지나 커버린 것이 우리에게는 다행스러운 일이었다. 엄마 없이도 스스로 무엇이든 할 수 있는 나이가 되어서 조금은 걱정을 덜 할 수 있었다. 병원을 오가는 사이 어느 날인가 아들이 노래를 들려주겠다며 노래방을 데려간 적이 있었다. 의외의 상황에 얼마나 웃음이 나던지 아들 덕분에 그날은 참 많이 웃었다. 엄마를 위해서 무엇 하나라도 해 주고 싶었던 아들의 마음을 받고 마음이 한결 따뜻해진 날이었다.

 나의 연인이 되어 나를 위해 노래를 불러주던 순간이 좋아서 많이 웃었고, 좋았던 날은 짧고 빠르게도 지나갔지만 긴 여운으로 남았다. 순간의 행복을 가슴에 담아 놓을 수 있어서 위안이 된다. 슬퍼서가 아니라 기뻐서 눈물 났던 그런 순간들이 기억에 있다. 마음이 헛헛한 어떤 날은 그때 그 순간으로 나를 데려다 놓는다. 떠올려 가슴으로 만질 수 있는 날이 있어서 감사하다고 생각한다. 그날 불러주었던 노래를 혼자 웅얼거려 본다.

 다시 들을 수 있다면 좋겠다며….

십여 년 만에 친구를 만났다.
아주 오랜만에 만난 친구는 반가워 눈물을 흘렸다.
나는 누군가에게 눈물 나게 반가운 사람이었다.
친구가 흘린 눈물이 가슴을 따스하게 했다.
그때 나도 눈물 나게 반가운 사람에게로 가서 그 사람의
가슴에다 따스한 눈물을 흘려보내 주고 싶다고 생각했다.

두 도시 이야기

아직도 그리운 것은 여전히 그립다.
그립다는 말을 할 수 없어서, 말할 수 없이 그립다.

두 도시 이야기

할머니 말씀에 의하면 서울에서 태어난 나는 핏덩이였던 채로 당신 품으로 왔다고 했다. 할머니 집은 서울에서 남쪽 끝에 있는 바닷가 도시 여수였다. 일본에 사셨던 할아버지, 할머니가 배를 타고 건너와 우연히 정착하게 된 곳이 여수였다고 했다. 그렇게 우연히 시작된 그곳에서 할머니의 삶과 아버지의 삶과 나의 삶이 이어져 갔다. 어쩌면 운명과도 같은 도시와의 만남이었다.

서울과 여수를 오가며 어린 시절을 보내다가 초등학교에 입학할 때가 되자 오빠와 나는 할머니 집 가까이에 있는 초등학교에 입학했다.

입학하기 전날의 기억을 잊을 수가 없다. 그때는 입학 전에 면접 같은 것이 있었다. 책을 펼쳐 보이며 읽기와 쓰기를 시켜서 당당히 해내고 어깨를 으쓱했던 기억이 난다. 비가 와서 젖은 발로 나무로 된 교실 바닥을 밟을 때마다 삐걱거리던 소리마저도 내가 다닐 학교의 소리인 것 같아 정겨웠다. 그동안 오빠 때문에 놀러 다니듯 따라다닐 때와는 다른 기분으로 학교에 대한 신성함이 고즈넉한 삐걱 소리로 다가왔다.

초등학교 1학년 첫 번째 짝꿍은 남자아이였다. 중간놀이 시간에 짝꿍이랑 손을 잡고 체조하는 시간이 있었다. 그때는 손을 잡으면 무슨 큰일이라도 나는 줄 알고 연필 끝을 손대신 내밀어 잡으라고 하며 엉거주춤 체조를 마무리했다. 한동안 짝꿍이 바뀔 때까지 중간 체조 시간은 나에게도 그 아이에게도 곤혹스러운 시간이었다. 지금 생각해보면 웃음이 저절로 나는 일이 아닐 수 없다.

초등학교 시절은 기분 좋은 나날들이었다. 친구도 없이 오빠와 할머니의 조카들과 놀던 내게 학교가 생기고 친구가 생겨서 재미있고 좋았다. 그렇게 보내던 어느 날 오빠는 초등학교 6학년이 되자 서울로 가게 되고 나는 혼자 남아 쓸쓸해지고 의기소침해졌다.

그래서 초등학교 시절 누구에게도 자신을 드러내놓지 않고 조용히 지냈다고 생각했는데 오랜만에 만난 초등학교 친구들에게 들으니 내가 생각했던 것 이상으로 특별한 이미지로 각인되어 있었다. 청바지에 운동화를 신고 다니던 멋있는 아이였다고 기억해 주는 친구들에게 "전교생이 청바지에 운동화를 신고 다녔어."라고 말하고 다 같이 한바탕 웃으면서 내심 기분은 나쁘지 않았다. 우울한 아이는 아니었지만, 혹시나 우울한 아이로 기억하고 있으면 어쩌나 하는 나만의 자격지심 탓이었는지 몰라도 좋은 기억으로 남아 있다는 사실이 무척이나 다행스러웠다.

순수하고 철없던 학창 시절에 친구들과의 즐거운 시간들은 좋은 기억으로 남아 지금도 친구들을 만나면 그때처럼 아무 이유 없이도 신나고 즐거운 기분이 들어서 마냥 좋다.

여수 할머니 집에 살면서 서울로 기차를 타고 자주 오고 갔다. 지금은 서울까지 세 시간도 채 안 되면 갈 수 있지만, 그때는 반나절 이상 기차를 타고 가야 도착할 거리였다. 그 길고 지루한 시간을 즐길 수 있었던 것은 기차 안에 있는 이동식 간이매점이었다.

아저씨가 카트를 끌고 다니면서 파는 주황색 망에 든 귤, 삶은 달걀, 콜라, 바나나우유, 소시지 등을 사

먹을 수 있었다.

그중에서도 오빠랑 내가 가장 좋아했던 것은 진미 오징어였다. 기차 안에서 먹으면 더 맛있었다. 아저씨가 올 때까지 기다리는 시간이 기차를 타고 서울 가는 시간보다 더 길게 느껴져서 발을 동동 구르면 할머니나 고모는 아저씨가 오징어를 발로 눌러 납작하게 만들고 있어서 늦어진다는 말도 안 되는 우스갯소리를 해주시고는 했다. 그렇게 기차를 그네 타듯이 타고 왔다 갔다 하면서 서울과 여수를 오가며 그 시절을 보냈다.

할머니가 살아 계실 때는 여수의 구석구석 안 가본 데가 없다. 자주 가는 한과 집, 포목점, 중국집, 생선가게, 과일가게, 야채가게, 방앗간, 할머니가 좋아해서 다니던 팥죽집, 만둣집, 할머니 친구 집, 할머니가 빌려준 돈을 받으러 갔던 곳, 휴일마다 할머니가 도시락을 싸서 데리고 다니던 자산 공원, 돌산 대교, 소풍 때마다 지겹게 갔었던 오동도…, 기억 속 그곳은 여전히 안녕히 잘 있는지 모르겠다.

내 그리움의 도시 여수는 아버지가 돌아가시고, 대학을 가게 되면서 완전히 멀어지게 되었다. 정든 여수는 떠나 있을 때도 할머니와 아버지를 생각나게 하는 도시였다. 젊은 날, 아름다운 학창 시절을 보낸 곳이면서, 책으로 배웠던 사랑의 동경을 이루게 해준 서툰 사랑의 기억이 남아 있는 도시이다.

 누군가 고향이 어디냐고 물어보면 오랫동안 정착을 하지 못하고, 몸도 마음도 늘 떠났다 돌아오기를 반복하며 살아서 그런지 선뜻 대답하기 머뭇거려지면서도 잊지 못할 사람들이 있는 마음의 영원한 고향은 여수다. 그리워하는데도 한 번 만나고는 못 만나게 되기도 하고, 일생을 못 잊으면서도 아니 만나고 살기도 한다고 했던 피천득의 인연에서 춘천이라는 도시가 주었던 그리움과 애틋함을 담은 느낌과 비슷하면서도 훨씬 더 커다란 의미로 가슴에 남아 있다. 아직도 친구들이 살고 있고, 무엇보다도 여전히 아버지가 계신 곳이며 할머니, 할아버지가 계신 곳이다. 내가 살던 날의 흔적 또한 그대로 그 집에 남아 있다.

 서울에서 살던 나는 결혼하게 되면서 여수와 가까운 순천에서 새 삶을 시작했다. 그건 생각지도 못한 일이었다. 처음 이 도시에 왔을 때도 외롭고 쓸쓸했었다. 누구 하나 아는 사람도 없이 혼자 보내는 시간이 적적했었는데 아이들이 생겨나기 시작하니 그런 생각을 할 겨를이 없어져서 좋았다. 이제 이곳에서 큰딸 나이만큼 살아 보니 더없이 편하고 익숙한 곳이 되기도 했다.

지금도 서울에 갈 때마다 특유의 복잡함과 발걸음마저도 바쁜 사람들의 일상이 도시의 당연한 풍경 같아서 좋다. 도시의 삭막하고 각박함이 가끔은 느슨해진 사람을 긴장하게 해서 좋을 때가 있다. 복잡한 도시를 벗어나 익숙한 순천으로 돌아오면 지방 소도시의 여유롭고 한가로운 일상이 사람의 마음을 너그럽게 하는 것 같아서 그 나름대로 또 좋다.

이 도시에서 살아온 많은 날을 사랑하는 아이들과 살아갈 수 있어서 감사하고, 기쁘고 슬펐던 모든 날이 지금의 나를 있게 했으므로 좋았다고 기억한다. 어쩌면 이곳이 내가 살아갈 마지막 도시가 될 수도 있고, 그렇지 않을 수도 있다. 어느 도시에 뿌리를 내리고 싶은지는 자신만이 알고 있지만 내 뜻대로 되어 주지는 않을 것을 안다.

그것 또한 이 도시에 처음 왔을 때의 정해진 운명처럼 어디쯤에서 이미 정해져 있는 나의 운명으로 생각한다. 여수에서 이방인으로 살았다고 느끼듯이 지금도 여전히 떠났다 돌아오기를 반복하며 사는 순천에서 처음부터 이방인으로 살고 있는지도 모르겠다. 오늘도 나는 순천을 떠나왔고, 다시 또 그곳으로 돌아갈 것이다. 사랑하는 나의 아이들이 그곳에서 나를 기다리고 있다. 사랑하는 아이들의 고향인 그 도시에서 그들을 위해 살아가야 할 것이다.

내가 사랑하고, 사랑했던 사람들의 도시 여수와 순천. 두 도시 중에서도 여수는 마음속에 깊이 아주 소중하고도 특별하게 자리 잡은 진정한 나의 고향이다. 할머니와 할아버지가 아직도 그곳에 남겨져 있고, 아버지가 아직도 그곳에 남겨져 있다. 가족들과 내가 보낸 어린 시절의 기억과 추억이 아직도 그곳에 남겨져 있다.

사랑했던 날들과 사랑했던 사람들의 기억이 영원히 잊지 못할 이야기로 남겨져 있을 것이다. 어쩌면 그 도시에서 사는 동안에 이방인이었는지도 모르고, 지금도 이방인 같다고 생각한다. 그런 날이 오지 않겠지만, 혹여 여수에서 새로운 삶을 다시 살 수 있는 날이 온다면 그때는 한 곳에 깊이 뿌리 내린 나무처럼 정착하고 살면서 이방인의 마음으로 살지 않을 수 있을 것 같다는 생각을 가끔 해보기도 한다.

그 도시 여수에서 나는 그리웠고, 외로웠고, 사랑했다.

그 이유로 여수는 어느 도시보다 특별하다. 그리운 사람과 그리운 시간이 가슴을 아프게 한다. 많은 추억이 남겨져 있는 그곳에 남겨져 있는 나의 사람들이 여전히 그립다.

여수 밤바다를 그리운 사람과 함께 거닐며 볼 수 없었던, 들을 수 없었던 이야기를 고백하듯 들려주는 꿈을 애틋하게 품어 본다. 가까운 날에 깊어가는 여수 밤바다를 한 번 보러 가볼까 한다. 케첩을 잔뜩 바른 분홍 소시지가 들어 있는 옛날식 핫도그를 먹으며, 지나간 시간의 기억을 함께 먹으며, 대낮의 햇볕에 녹아내릴 듯이 뜨겁게 달궈졌다가 밤이 돼서야 적당히 따뜻해지면 버스럭거리는 소리가 나는 검은 모래밭 위를 혼자서 거닐어 봐야겠다.

검은 모래밭 위에 남은 내 발자국 위로 짠 내음 나는 밤바다를 배회하던 바람이 함께 지나가 주면 그리운 사람의 숨결이라 느껴져서 조금은 외롭지 않을지도 모른다.

“여수 밤바다 여수 밤바다 너와 함께 걷고 싶다.

이 바다를 너와 함께 걷고 싶어.

이 거리를 너와 함께 걷고 싶다.

이 바다를 너와 함께 걷고 싶어.

네게 들려주고 싶은 아름다운 이야기가 있어.

네게 들려주고 싶은 아름다운 이야기가….”

아름다운 일몰을 보려고
배를 타고 바다 한가운데로 갔던 날이 있었다.
멈춘 배 안에서 바다가 보내는 바람을 마시며
수평선 너머를 바라보고 있었다.
해가 지는 저녁 하늘을 좋아하는 사람은
마음에 그리움이 가득한 사람이라고 했던
오래전 노교수님의 말씀이 떠올랐다.
바다 한가운데에서 오지 않을 당신을
올 수 없는 당신을 그리워하다
지치면 허전함을 달래 보려고
손가락 사이로 빠져나가는 바람이라도 움켜쥐어 보았다.
바다 한가운데다 당신을 조금 버려두고 돌아왔다.
그렇게 조금씩 버리고 버려도 버려지지 않고
남아 있는 당신을.

비
와
당
신

비와 당신

비가 내립니다.

내 마음에 당신이 내립니다. 비가 당신처럼 쉼 없이 쏟아져 내립니다. 비는 내려오지만 당신은 오지 않을 것을 알면서도 한 번 기다려보는 마음은 다시 비가 되어 차가운 아스팔트 위를 촉촉하게 적셔 주고 있습니다. 이 비가 한참 후에 지쳐서 그치고 나면 더 차가워지고 더 딱딱해져 버릴 것을 압니다. 딱딱해져 버린 마음은 한 번도 본 적 없는 지나가는 낯선 사람의 차가운 마음과 같습니다.

어쩌면 당신의 마음과 같습니다.

어쩌면 지난겨울 내가 보낸 혹한의 시간과도 같습니다.

비 오는 창밖을 내려다봅니다. 가늘게 조용히도 내리는 빗속을 우산 안에서 미소를 한가득 머금고 바삐 달려가는 사람의 행복해 보이는 미소가 멀리서도 훤히 보입니다. 내 것이 아닌 그 따뜻한 미소가 부러워집니다. 사랑하는 이에게로 서둘러 가는 발걸음일까요? 나도 당신께 저런 발걸음으로 가고 싶어집니다.

쏟아져 내리다가 지쳐서 추적추적 내리던 비는 어느새 사라져 버리고 습기 가득 머금은 눅눅한 안개만이 어둠 속에 내려앉습니다. 나도 어딘가 앉을 자리를 찾아 당신을 기다려 봐야겠습니다. 태양 아래에 너무 오래 서 있어서, 가끔은 목이 아파 고개를 숙이고 싶은 해바라기처럼 빗속에서 우산을 받쳐 들고 너무 오래 서서 기다리고 있었더니 다리가 아파집니다.

언제 올지도 모를 당신이잖아요? 비가 내리는 거리로 우산을 들고 언제 올지도 모를 당신을 마중 나가봅니다. 내 발걸음에 빗방울이 튀어 올라도 상관없이 행복해 보이는 미소를 지어 보이면 당신에게 갈 수 있을지도 몰라 맨발에 적셔오는 빗물이 발가락을 간질여도 싫지는 않습니다. 사거리 한복판 신호 대기에 우산을 받쳐 들고 서 있다 보니 비에 젖은 바람에 고소함이 실려 불어옵니다.

 비에 젖은 거리에, 비에 젖은 마음에 고소하게 스며들어 오는 것은 커피를 볶는 냄새였습니다. 커피 한 잔을 생각나게 하는 순간이었습니다. 세상 가장 고소한 신맛이 나는 커피에다 나만이 알 수 있는 당신의 냄새를 담은 커피 한 잔이면 비에 젖은 이 마음도 조금은 따뜻하게 데워질 수 있을 것 같다고 생각했습니다.

 비가 옵니다. 당신 마음에도 이 비가 올까요?

 당신 마음에도 내가 올까요? 아마 그러겠지요? 이 비에 내 마음 하나 실어 당신 머리 위로 내려오면 그때는 나의 푸른 물빛 웃음을 기억할 수 있을까요? 빗줄기가 조금 가늘어지면 가는 비에 섞인 그보다 더 가는 당신의 발소리를 찾아 얼굴을 우산 밖으로 내밀어 귀를 쫑긋거려 봅니다. 젖은 비에 섞인 그보다 더 젖은 당신의 그리운 냄새를 찾아 얼굴을 우산 밖으로 내밀어 코를 찡긋거려 봅니다.

 그 사이 커피가 다 볶아진 모양입니다.

 비에 젖어 무거워진 커피 향이 섞인 희뿌연 김이 젖은

지붕 위로 기어 올라가다 힘에 겨워합니다. 유리창에 널따랗게 펼쳐 놓고 기대어 잠시 쉬더니 어느새 흔적 하나 없이 사라져 버립니다.

　어쩌면 나도 당신에게서 그렇게 쉽게 그렇게 빨리 흔적도 없이 사라져 버리는 사람이었을지도 모릅니다.

여행을 다닐 때면 생각하지 못한 것을 생각하게 되고,
낯선 곳에서 처음 만나는 것으로부터
새로운 것을 느끼게 된다.
자연이라는 이름 앞에서 인간이라는
작은 존재가 몸과 마음으로
애쓰며 살아가는 모습이 처연하게 느껴질 때가 있다.
가늠할 수도 없는 커다란 자연 앞에서 삶의 이유가 되는
사랑하는 사람들 앞에서 비록 작고 보잘것없는 나지만
가진 것 하나 더 내어주고 싶어진다.
자연이 보내주는 바람 한 점에도
행복할 수 있는 순간을 감사한다.
그리운 사람을 아름답게 사랑하고,
누구보다 내 사랑이 아름답다 한다.
아름다워서 더욱 처연하게 오늘을 살아가련다.

안개 속에서 비를 맞으며

안개 속에서 비를 맞으며

　따스한 봄날 달리는 차 안으로 햇볕이 내리쬐어 오던 날이 있었습니다. 그 따스하고 마른 햇살에는 비의 눈물이 노래가 되어 흔적을 남기고 있었습니다. 어디로 가는지도 모르고 차 안에 앉아서 햇살이 너무 눈부셔서 슬펐습니다. 눈물이 비가 되어 내리기 시작했습니다. 앞이 보이지 않아도 비를 닦아내지 못했습니다. 내 눈에만 비로 잠겨가는 세상에 당신의 안부를 묻는 편지를 써서 보냈습니다.

　답장이 없는 당신에게 답장할 수 없는 당신에게 당신의 침묵을 건드려 놓고 또 제자리에서 혼잣말을 합니다. 혼잣말을 할 때마다 폭우 속에 알몸으로 서 있는 것 같은 기분이 듭니다. 알몸이 민망하고 부끄러워서 아픕니다. 거센 빗줄기에 살이 에일 듯이 아픕니다.

나에게 비처럼 내리는 당신은 언제쯤 그쳐 줄까요? 언젠가 그쳐질 날이야 있겠지요. 그런들 지나간 마음도 남겨진 마음도 비가 다 가져가지는 못할 것을 압니다.

비에 젖어 어두컴컴한 밤을 찢긴 마음으로 찢긴 우산을 쓰고 비에 젖은 맨발로 서성거려 봅니다. 더는 찢길 것도 없는 마음을 부둥켜안고 밤이 다 새도록 비가 다 그치도록 돌아다녀 봅니다. 맨발로.

그때도 그랬습니다. 낯선 도시를 이방인이 되어 떠돌 때마다 어김없이 비를 만났습니다. 가는 걸음걸음마다 떨쳐내지 못한 그리움의 상념이 비가 되어 배회하던 나를 찾아왔던 것인지도 모릅니다. 비로 적셔지는 바다와 비로 적셔지는 도시를 비로 적셔지는 시간 안에서 바라보고 있었습니다. 비로 적셔지는 나는 하염없이 비를 맞으며 당신으로 적셔지고 있었습니다. 비에 젖어 무거워질 대로 무거워진 그리움과 상념을 차마 벗어내지 못하고 홀로 검은 밤 안을 서성거렸습니다.

맨발로 비에 젖어듭니다. 내 그리움도 비에 젖어듭니다. 비에 젖은 그리움은 더욱 무겁고 짙게 가슴 안을 메우고 비에 젖어 무거워진 발은 어디로 가야 할지 모르고 허공에 둥둥 떠다니고 있습니다. 종종걸음으로 비를 맞으며 돌아왔습니다. 비에서는 비릿한 흙냄새가 나고 있습니다. 비에 젖은 옷을 벗어 보지만 옷걸이에 애처롭게 매달린 비릿한 흙냄새는 아릿하고 희미하게 남아 있습니다. 그렇게 남은 흙냄새는 마른 낙엽을 끌어안고 젖은 땅 위에 내려 비가 그칠 때를 마냥 기다리고 있습니다. 도저히 그칠 것 같지 않은 비처럼 끊임없이 나에게로 밀려오는 당신에게로 종종걸음으로 다시 돌아가야 할 때를 기다리고 있습니다.

비가 내리는 오늘밤은 비릿한 흙냄새를 삼키며 짙어진 검은 안개 속에서 잠들어 봅니다.

비 오는 거리에서

비 오는 거리에서

　카페테라스 유리창 옆에 놓인 발 아래로 빗줄기가 떨어지고 있습니다. 마지막 빗줄기가 다 떨어지고 나면 뜨거운 태양 아래에 열매를 내어다 말렸듯이 그때처럼 비에 젖은 그리움을 내어다 말려 볼까 합니다.

　이제 마지막 한 방울이 창문틀에 부딪혀 떨어지는 소리가 납니다. 습기 가득 머금은 공기를 껴안아 보지만 그때 당신의 말은 지금 내게 껴안을 수 없는 당신처럼 껴안을 수 없는 말이 되어 버렸습니다.

　비 오는 밤 달콤한 초콜릿을 입에 물고 도나 웨일의 '비 오는 밤'을 듣다가 뒤척이지 않고 잠이라도 들 수 있다면 좋겠습니다. 그러면 꿈에서라도 당신을 당신의 말을 껴안아 볼 수 있을지도 모릅니다. 여전히 비가 내리고 있습니다.

그칠 줄 모르는 이 빗속에 나를 던져두고 우산도 없이 다시 비 오는 거리로 나가 볼까 합니다. 어쩌면 당신이 우산을 들고 저기 어디쯤에서 나를 기다리고 있을지도 모를 일이잖아요?

힘들어하던 당신에게 해 줄 수 있는 것이 없었지만
내가 조금의 위안이 될 것이라는 믿음으로
하루를 살았던 때가 있었습니다.
그러한 믿음으로 나 또한 하루를 견디어 낼 수 있었습니다.
해가 뜨고 해가 지고 비가 오고 바람이 부는
사소한 모든 일상이 나를 눈물겹게 하지만
당신으로 인해 조금 더 겸손해지고 조금 더 관대해졌습니다.
당신으로 인해 아팠던 지난 모든 날들이 괜찮아졌습니다.

혼잣말 … 그 외로움의 어떤 하루

인생에서 원했던 것은 그렇게 많지 않았고 아주 절실하게 간절히 원하는 것도 없었다. 그러던 어느 날 원하는 것이 생겼을 땐 정작 그것을 가질 수 없었다.

밤하늘의 별, 따뜻한 커피 한 잔, 계절이 오고 갈 때마다 다르게 느껴지는 바람, 숲과 나무, 신발장에 한 번도 신지 않은 하이힐, 핑크 립스틱, 언제든지 빵을 사 먹을 수 있을 정도의 주머니 속 돈, 맛있는 열매, 비가 오면 쓸 우산, 햇빛을 가려줄 양산, 음식을 담는 예쁜 그릇, 쓰지 않아도 늘 가지고 다니는 종이와 연필, 어디든 떠날 때를 기다리고 있는 여행 가방, 흰 티셔츠와 청바지와 흰 운동화, 샌들우드 향, 머리에 스미는 좋은 냄새, 해마다 봄이면 마시는 향기 좋은 마리아주 사쿠라 Tea, 파랑에 관한 모든 것들, 나비가 있는 모든 것들,

가사가 아름다운 노래, 멜로디가 서글픈 음악, 그리고 책.

 이런 특별하지 않은 것들이 내 것이 되는 순간 특별해지는 경험을 하게 된다. 그러나 이것은 온전히 내것이 아닌 허무에 깃든 욕망의 한 부분으로 왔다 바스라지는 체념으로 대개는 끝나고 만다.

 한 번도 가진 적이 없던 것은 잃을 수도 없었다. 그 사실이 나를 외롭게 했고 늘 공허하게 했다. 삶이 내게 동정심을 발휘했다면 홀로 맞이하는 그 많던 외롭고 적막한 시간이 조금은 줄어들지 않았을까?

 정말 보잘것없는 내 삶이 심장을 고동치게 할 때마다 작은 몸 하나 시린 마음 하나 편히 기댈 곳이 없다는 사실이 마음을 한없이 외롭고 적막하게 했다. 긴 밤을 어떤 날은 달이 비추는 길을 따라서, 어떤 날은 별들이 무수히 수놓아진 길을 따라서 이리저리 배회하다 겨우 아침이 밝아오면 환한 빛에 민망한 발걸음을 멈추고, 언제 그랬냐는 듯이 달도 별도 나도 모른 척 시치미를 뗀다.

 달과 별은 잠이 들고 나는 몸을 들고 일어선다. 달과 별이 잠에 빠져들면 혼잣말을 하며 외로움에 빠져들어 아침을 맞이하러 나온다. 어둠의 상념은 나와 아무 상관없는 것처럼 떨쳐내고 잘 말려진 새 옷 같은 아침의 맑은 햇살이 쏟아지는 거리로 나온다. 세상에 뿌려 놓은 아침 햇살이 골목마다 거리마다 문을 두드려 사람들에게 생기를 불어넣고 있다.

아침을 여는 사람들의 소리 없는 분주함이 어둠 속에서 외로움을 참아낸 나를 환영이라도 하듯이 아파트 경비 아저씨는 아스팔트 바닥에 떨어진 몸부림치던 밤의 잔해들을 최선을 다해 쓸어내고 있다. 먼지가 이는 주차장 입구에 물을 뿌리면 밤사이 바람에 떠밀려 부유하던 가는 흙들이 다시 물줄기에 떠밀려 위로 더 올라간다. 물줄기 사이에서 무지개라도 볼 수 있을지 몰라 매일 보는 일상을 생전 처음 보는 낯선 장면처럼 한참 바라본다.

여름이 시작되고 이맘때쯤이면 할머니 집 너른 마당에도 예전처럼 질긴 생명력을 자랑하는 생물의 장이 열리고 있을 것이다. 꽃과 나무들 사이에서 덩달아 무성해지는 잡초가 살아 있음을 알리는 것이다. 살아 있는 잡초도 제 몫의 삶이 있을 텐데 제가 있던 자리에서 뽑아내고 쓸어내면 죽어가는 잡초가 어떤 저항도 할 수 없는 것이 한없이 외로워 보였다. 아무것도 할 수 없었던 자신을 탓하지는 않았으면 좋을 것 같았다. 나처럼.

잡초가 있던 자리에는 흙바닥의 흙먼지가 부옇게 마른 땅을 딛고 일어선다. 그러면 그때 할아버지께서 물을 뿌리셨다. 흙과 먼지와 물이 서로 얽히고섥켜서 경비 아저씨가 뿌리는 물줄기처럼 위로 가벼운 흙먼지가 떠밀려 올라가다 자취를 감추고는 했다. 그리고 나면 아무도 잡초가 있었던 날도 흙먼지가 앉았던 자리도 기억하지 못한다. 나도 어디쯤에서 누구에게서 그렇게 기억되지 못할 사람이 되어 가고 있을지도 모른다 생각했다. 그 생각에 또다시 외로워져 손끝이 불에 덴 듯 저려와 아프다.

그때랑 같으면서 다른 흙냄새가 났다. 아스팔트 위로 뿌려진 흙먼지와 흙바닥 위로 뿌려진 흙먼지의 차이였을까? 시간과 공간의 차이였을까?

과거의 시간이 다른 냄새의 기억을 깊이 심어 놓았을지도 모른다. 어지럽게 주차된 차들을 비껴가는 빠른 걸음의 등굣길 학생, 젖은 머리를 휘날리며 지각이라도 하면 큰일 날 것처럼 뛰어가는 아가씨의 머리카락이 찰랑이며 뒤따라 달려가기 바쁘다. 머리카락에서 나던 비누 냄새가 그 길을 따라 혼자 남겨져 있다. 아파트 입구를 내달리는 옆집 할아버지의 자전거 페달 돌아가는 소리가 시계 초침 소리 같다. 할아버지가 당신과 같아 버리지 못하는 자전거에 매단 작고 낡은 라디오에서 4분의 4박자의 노래가 흘러나와 바퀴에 맞물려 또 다른 박자가 된다. 두 개의 박자에 리듬을 맞추며 할아버지의 자전거가 순식간에 내 옆을 휙 지나가 버린다. 자전거는 저 멀리 지나가 버리고 노랫소리는 그 자리에 남는다. 구성지게 꺾어지던 노랫소리는 늘어진 테이프의 어눌한 음으로 아가씨의 머리카락이 남긴 비누 냄새처럼 할아버지의 등 뒤를 바라보고 서 있는 내게만 남겨진다. 아가씨의 비누 냄새도 할아버지의 늘어진 노랫소리도 뒤에 남겨져 내 것이 되었다.

　사람도 소리도 살아서 생동감 있게 움직이는 것들을 보면서 어둠에서 잠에서 그리운 마음에서 잠시 자유로워지는 아침의 활기가 나의 외로움을 대신 껴안아 준다.

카페테라스에서

카페테라스에서

사거리의 자동차 소음이 메아리처럼 들려온다. 반질반질한 무채색을 띤 대리석 계단을 밟고 올라간다. 어떤 날은 따닥따닥 구두 굽이 닿는 소리가 잠든 계단을 깨우지만, 오늘 같은 날은 고무창을 댄 가벼운 운동화를 신은 탓인지 비어 있던 계단에는 아무도 없는 듯이 아무 소리도 들을 수 없다. 카페의 불투명한 유리문이 스르륵 열리면 반가이 맞이하며 미소를 건네는 사람들이 매일 보는 사람보다 더 가깝게 느껴진다.

같은 시간 같은 공간에 잠시 함께 있다는 것만으로 미묘한 동지애를 느끼게 해주는 사람들이 불편함이 없는지를 매번 신경 써주고 있어서 마음이 편안해진다. 언제나 내가 앉던 비어 있는 자리에 익숙하게 앉는다. 눈에 닿을 것 같은 건너편 산자락에서 바람을 보내 줄 초록의 나무숲을 향해 아침 인사를 건네듯이 한번 올려다본다.

 동경을 해보지만 현실의 한계 때문에 영원히 실현할 수 없는 산티아고 순례자의 길을 다녀왔다는 무용담을 부러워하며 듣는다. 포르투갈의 어느 카페에서 만난 그 유명한 작가의 이야기는 더더욱 동경이 된다. 두 권의 포르투갈 작가의 책에 매료되어서 가보고 싶었던 나라. 야간열차를 타고 그 낯선 도시의 밤과 새벽을 가로질러 언어의 연금술사를 보고 싶어 소설 속 주인공처럼 어느 날 불현듯 떠나고 싶은 충동을 일게 했었다. 언젠가 꼭 가보리라 했던 소설 같은 환상의 시간을 꿈꾸게 했던 나라이다.

 순례자의 길을 냉기 가득한 망망대해를 항해했던 날들의 외로움으로 걸었을 것이다. 내게는 이룰 수 없는 동경으로 남아 있는 순례자의 길. 파울로 코엘료의 세계를 그의 책을 통해서 읽고, 연금술 같은 문장에 매료되었다. 그가 내게는 연금술사이자 순례길 안내자였다. 원하는 것을 가질 수 없을 때 더 간절해지는 것처럼 갈 수 없는 길이라는 이유가 더 간절한 동경을 준다. 그저 펜에 새겨진 산티아고 순례자의 길을 눈으로만 보고 만져볼 뿐이다. 펜촉에 새겨진 나비처럼 아름다운 날개를 펼쳐 그 길을 날아서 가 볼 수 있으면 좋겠다는 이룰 수 없는 일을 상상만 해 볼 뿐이다.

지금 내가 할 수 있는 일은 나의 문장 안에서 나의 감성을 나비의 화려한 날개에다 한 자 한 자 새겨서 펼쳐 보이는 것이다. 누구의 그것보다 세상 그 어떤 것보다 유일하고 아름다운 나의 마음을 염원처럼 담아보는 것이다.

펜촉에 새겨진 나비를 보며 나를 떠올렸던 처음 그 순간을 기억하며 별과 함께 새겨진 나침반이 가리키는 방향에는 언제나 사람의 따뜻한 품이 있었다. 그곳이 내가 가고 싶은 순례자의 길이며 원하는 방향이었다.

순례자의 길을 걷고 걸어 돌아온 사람의 낡은 운동화와 지중해의 뜨거운 태양빛에 검게 그을린 피부가 외로움을 조금은 가볍게 했을지도 모른다. 굵은 손마디에 들린 커다란 가방 안에 떠났다 돌아오는 사람의 견딜 수 없는 외로움은 자신도 모르는 사이 비스케이만을 항해하던 기억이 어딘가에 남아 있었기 때문인지도 모른다. 차라리 피레네산맥의 바람을 담아서 돌아왔다면 조금은 외롭지 않았을지도 모른다.

순례자도 아니었고 이방인도 아니었던 내가 걸었던 유럽의 어느 뒷골목이 외로움을 다 덜어내 주지는 못해서 오히려 더욱 그리워진 마음은 발걸음을 바삐 서둘러 돌아오게 했었다.

바람이 자유롭게 드나드는 카페테라스에 앉아 고개를 쏙 빼 들어 먼 산에 눈을 두고 습관처럼 또 바라본다. 산봉우리와 산자락에 걸쳐 있는 연기 같은 흰 구름이 바람의 방향에 따라 느리게 걷는다. 불어오는 초록의 바람이 천장에 매달린 흰 천을 이리저리 흐느적거리게 하면 어디라도 갈 수 있는 뱃머리의 깃발처럼 방랑하다가 펄럭펄럭 나부낀다. 내 마음에도 흰 천을 매달아 펄럭펄럭 나부껴서 가고 싶은 곳 어디로든 가면 좋겠다.

파란 별과 파란 나비 스티커가 덕지덕지 붙여진 노트북을 켜고 들여다본다. 무슨 대단한 글이라도 써내기라도 할 것처럼 어설픈 손놀림으로 빠르게 자판을 타닥타닥 두들겨본다. 타닥타닥. 내 말이 뱉어내지는 소리가 난다.

경쾌한 그 소리에 이미 중독이 되어 있다. 잠 못 들었던 밤의 망상을 다시 깨워주는 소리이다. 나처럼 외로움에 잠 못 들던 밤 할머니의 외로움은 심연을 향해 더욱 깊어져 벗어 낼 수 없는 고독이 되었다. 할머니의 고독은 기도와 바느질이었을 것이다. 우르술라도 바느질할 때마다 고독했던 것일까? 고독해서 바느질했던 것일까?

날카로운 바늘이 부드러운 천을 찌를 때마다 자신의 부드러운 피부를 파고드는 주삿바늘 같은 따끔거림을 느끼며 잠을 쫓아 밤의 고독을 물리쳤던 것일까? 할머니의 부엌 선반에서는 떡이 소리 없이 말라 가고 있었다. 그때 우리의 고독은 마른 떡이었다.

나는 외로움을 버리고 싶어서 책을 읽었다. 외로움이 깊어지는 날은 전쟁하듯이 책을 읽다가 지루해지면 망상과 바람을 불러들였다. 부질없는 그리움처럼 침묵에다 부질없는 아우성을 쳐보고, 냉정한 자비심이라도 바랐다. 만약 그럴 수 있다면 사람의 따뜻한 한마디 말을 붙잡고 그 말을 신념처럼 가지고 남은 날을 살 수 있을 것 같았다. 그러면 조금은 외롭지 않을 것 같았다.

사람의 말을 쓰고 다시 읽어내면서 지난밤 잠 못 들었던 것이 더워진 밤공기 탓인지 내 하릴없는 망상 탓인지 모르겠다. 누군가에게는 사소하고 아무 의미 없는 일이 내게는 사소하지 않은 그 무엇이 되어 남겨진 흔적 하나 지우지도 못하면서 어둠의 공허를 헤매느라 잠 못 들게 한 것인지도 모르겠다.

잔기침 같은 기척 하나가 흔적으로 남아 지난밤 유난히 잠 못 들게 했다. 수많은 밤을 외롭게 하고 잠 못 들게 했던 부질없는 그리움이 그곳에 있었다. 내 삶과 사람과 생각이 함께 있었다. 매번 착각하면서도 믿음을 버리지 못하는 것은 다음날을 살아가기 위해서였다.

혼자가 아니었을 때도, 만날 사람이 있을 때도, 막연함이 아닌 분명하게 한 사람만이 그리울 때도, 목이 따갑게 떨릴 정도로 보고 싶은 사람이 있을 때도 가슴은 불덩이를 품고 있는 것 같았다. 사람은 늘 사람으로 인해 외로워져 나의 혼잣말로는 어찌할 수 없는 그것 때문에 천장에 매달린 흰 천처럼 영혼마저도 펄럭이고 있었다.

산다는 것은 타인의 의도대로 양말을 뜨는 일이며 그러는 동안 생각은 자유롭게 산책한다고 했다. 언젠가 책에서 읽었던 그 구절이 사람의 마음을 외롭게 했다. 산다는 것이 내 의도가 아닌 타인의 의도대로 양말을 뜨는 일이라는 것을 조금은 이해할 수 있을 것 같아서 더 외로운 말처럼 다가왔다. 그러면서도 나는 정작 양

말을 제대로 뜨지도 못하고, 생각마저도 자유로울 수 없었다. 만일 그럴 수 있다면 양말을 뜨는 손을 그만 내려놓고 싶었다. 제대로 양말을 뜰 자신이 없어서 산책하듯 자유롭게 생각할 수도 없어서.

그래서 견딜 수 없는 침묵의 무게에다 내 말을 드리워 스스로에게 벌을 주듯이 더 아파했다. 닫힌 문처럼 닫힌 침묵 앞에서 한없이 가난해지는 나를 보았다. 그 시련과 고통으로 깊어지는 외로움을 보았다. 나의 것이 아닌 것처럼 바라만 보면서 아무것도 할 수 없었다. 외로움이 검은 밤의 검은 어둠 속 한가운데로 들어가 깊어지고 있었다. 뭐라고 설명하기 어려운 사람처럼 뭐라고 설명하기 어려운 마음이었다.

사람들의 웃음소리에 망상에서 깨어나 비 맞은 강아지가 몸을 흔들어 젖은 물기를 떨쳐내듯 몸을 부르르 떨고 일으켜 본다. 테라스 난간에 기대어 맞은편 산을 향해 몸을 돌린다. 바람이 내게 가장 먼저 닿는다. 내 마음에 내 몸에 남은 지난밤의 상념을 다 가져갔으면 좋겠다. 발아래 놓인 세상의 아침을 이 층에서 내려다본다. 세상은 낮고 나는 조금 높아 구름 위에 혼자 둥실 떠 있는 것 같다. 세상의 소음과 냄새가 일관성 없이

뒤섞여 있다. 산봉우리에 걸쳐진 구름이 어느새 잿빛이
되어 마주 보고 서 있는 나를 향해 다가오기 시작한다.
주춤했던 장맛비가 다시 시작되려나 보다. 카페테라스
에 비가 들이닥치기 전에 돌아가야겠다.

　비를 피해서.

　언젠가 눈물이 다 거둬지고 그렇게도 서럽다 했던 마
음이 달래지고 나면 내 이야기를 들려줄 수 있는 날이
올지도 모른다. 그러면 끝날 것 같지 않았던 불면의 밤
도 끝나 깊은 단잠을 잘 수 있을 것이다. 쓰라린 아픔이
부드러운 권태가 되어 줄 것이다.
　여름이라는 계절에 서 있는데 계절을 섣부르게 앞서
가는 바람이 거칠고 서늘하게 불어와 마시던 커피 잔을
흔들고, 몸을 움츠러들게 한다.

　이 바람이 피레네산맥을 넘어서 다시 돌아온 바람일
까?

세상에 영원한 것은 없지만
영원히 기억될 특별한 순간과
영원히 기억될 특별한 당신이 있었다.

밤 기차 안에서

밤 기차 안에서

창밖이 어둡다. 짙은 어둠이 아무것도 보여 주지 않는다. 저녁노을이 지는 아름다운 하늘도, 너른 들판의 다자란 곡식들도, 때로는 텅 빈 논두렁에 연기가 모락모락 피어오르는 정겨운 장면도 볼 수 없다. 지난밤부터 끊임없이 내리던 비로 범람하는 하천을 보면서 내 안에서도 범람하는 비의 양을 감당하기 힘들었다. 아직도 그 비가 어둠 속에서 앞만 보고 달리는 기차 지붕 위로 은빛 선로 위로 날카롭게 내리고 있다. 이미 그친 비가 내게만 끊임없이 내리고 있다. 그 비가 언제든 그쳤으면 좋겠다고. 그쳐질 날이 있을 것이라고.

검은 창에 겹쳐져서 흔들리는 여러 겹의 내 얼굴을 바라보며 여러 겹의 말을 한다. 밤이 그려 놓은 창문 너머의 풍경을 머릿속에 가져다 놓고, 태양의 뜨거움을 덜

어낸 가벼워진 밤바람을 느껴본다. 보이지 않는 너른 들판 덜 자란 초록의 마른 풀 냄새도 창문 틈으로 흘려 넣어 준다. 검은빛 짙은 초록의 냄새가 난다.

밤 기차를 탔다. 아주 오랜만에 밤 기차가 타고 싶었다.

기차를 탈 때마다 어릴 적 할머니, 오빠와 함께 덜커덩거리는 기차를 타면 기분이 좋아지고 저절로 몸이 춤추듯 흔들리며 탔던 기억이 난다. 창밖으로 어둠도 함께 덜커덩거리며 빠르게 지나가도 몸은 그때처럼 같이 덜커덩거리지는 않는다.

안나 카레니나가 이루지 못한 사랑의 처절한 아픔으로 몸을 던졌던 기차역. 그날 그 순간. 죽음보다 깊은 정적은 은빛 선로보다 냉혹하고, 손을 데면 베일 것처럼 차가웠을 것이다. 찢긴 살에 가해지는 채찍질보다 더 경멸스러운 고통으로 남아 기차에 오를 때마다 내딛는 발을 주춤거리게 한다. 무시무시한 은색 바퀴가 바람을 일으키며 구르는 것을 볼 때마다 몸이 빨려 들어가 삼켜질 것 같은 잔혹한 공포를 느낀다. 바퀴와 바퀴가 서로 맞물려 먼 길을 오고 가도 선로를 이탈하지 않고 멈추지 않는 것이 다행스럽다고 생각한다.

은빛 빙판 위는 매끄럽고 고요하다. 몸도 마음도 선로에 딱 달라붙어 영원히 끝날 것 같지 않은 밤을 함께 달리고 있다. 까만 밤 설국으로 가는 열차라도 탔다면 세상 어디에도 없는 미지의 세계에 닿아 눈이 멀 것 같은 설경을 볼 수 있을지도 모른다.

흰 눈이 녹아 사라지듯 변하지 않는 것은 세상에 없었다. 다만 영원할 거라고 영원했으면 좋겠다고 믿고 싶어서 그토록 애달파했다. 몸도 마음도 기분 좋게 덜커덩거리던 영원을 믿었던 그 시절이 오히려 그립다.

몸이 아프고 지난겨울을 지나고 나서 거울을 볼 때마다 말로 표현하기 어려운 어떤 것이 내게서 빠져나간 느낌이 드는 것은 어쩔 수 없나 보다. 몸도 마음도 빛을 잃어버린 느낌이 들었다. 거울에 비친 빛바랜 나를 보면서 깊은숨이 쉬어진다. 누구에게도 보이지 않는 나의 빛을…. 다시 시간을 되돌릴 수 있다면 어쩔 수 없이 놓쳐버린 그 시간을 후회하지도 아쉬워하지도 않을 것 같다. 몸과 마음의 힘이 예전처럼 튼튼하지 않은 것은 사실이다. 할 수만 있다면 좋은 시간들은 그대로 남겨두고 나빴던 시간들을 몽땅 달리는 밤 기차의 차창 밖으로 짐짝 버리듯 내버리고 싶다는 생각을 한다.

나보다 더 큰 병과 더 큰 아픔을 가진 사람들이 많다는 것을 알기에 많은 투정은 부리고 싶지 않았다. 죽을 고비를 넘나들었던 것은 아니지만 평소에 생각만 하던 죽음에 가장 가까이 갔었던 시간이었고, 자칫 운이 나빴더라면 죽을 수도 있었다는 생각을 한다.

실제로 같은 날 같은 의사 선생님께 수술을 받았던 몇 명 중에 치료가 끝났음에도 불구하고 한 사람이 죽었고, 한 사람이 다시 재발이 되어 치료가 힘든 상황이라는 이야기를 전해 들었다.

6개월도 안 되는 짧은 시간에 삶과 죽음의 경계에서 각자의 숙명을 받아들여야만 했다. 치료가 끝났음에도 말이다. 간단한 것처럼 보이던 이 병이 호르몬의 지배를 받고 있다는 것이 큰 맹점이 되어 치료가 끝나 약을 먹고 있는 나와 다른 환자들에게 몸과 마음의 이곳저곳을 건드려 아프게 하는 부작용을 안겨 주었다. 아직 끝난 것은 아무것도 없다. 길고 지루한 외로운 나만의 여정은 계속될 것이다. 그 사실이 가슴을 답답하게 한다. 보이지 않는 저 창밖 어둠의 들판에 홀로 서 있는 것 같다. 만약에 내게도 다시 그런 상황이 또 온다면 받아들이고 이겨낼 수 있을지 자신이 없다. 그때는 다른 선택을 해야 할 것이다.

아픔의 시간을 보내고 난 뒤 안부를 물어오는 사람들에게 늘 이렇게 말을 한다.

시간이 얼마 남아 있지 않다고.

물론 아프고 나이를 더해가면서도 또 그때 나름의 형편대로 살아가겠지만 내가 원하는 시간은 단순히 몸이 살아 있는 시간이 아니다. 나 자신의 의지대로 건강한 몸과 마음을 쓸 수 있는 시간을 말하는 것이다. 지금도 아프고, 앞으로도 계속 아픔 속에서 살 것이 분명하기에 그런 시간이 얼마 남지 않았다는 것이다. 또 다른 피할 수 없는 운명의 힘이 나에게 불어 닥칠지도 모른다. 그래서 사람들에게 이렇게도 이야기를 한다.

'하고 싶었던 일, 하지 못했던 일을 미루지 말고 더 늦기 전에 하라고.'

'정작 나 자신은 무엇을 하고 싶었던 것일까? 무엇을 가장 간절히 원했을까?'

원하는 것을 실현하는 것은 나와 상관없는 사람들에게 속하는 것이었다. 나는 그저 꿈꾸는 것만으로 나의 소유를 실현할 수 있었다. 그저 꿈꾸어 보기만 했던 짧은 꿈만 같았던 순간들이 스쳐 지나간들 달리 할 수 있는 일이 없었다. 몸의 아픔이 내게서 소중한 마음의 빛을 가져가고 상실의 아픔으로 힘들게 했다.

소중한 것을 내어 주고 얻은 것이 있다면 여유로운 시간과 그로 인해 그동안 막연히 원하기만 하던 일들에 용기를 내어 도전하고 있다는 사실이다. 스스로 시간이 얼마 없다는 생각에 살면서 한 번도 제대로 해보지 않았고, 특별한 사람만이 할 수 있다고 믿었던 감히 글쓰기라는 크나큰 도전을 했다.

운명이 가져다준 인연. 그 소중한 인연이 있었기에 가능했던 일들이 내 인생에 전환점이 되어 지금 이 순간이 스스로도 믿기지 않는 날들을 살고 있다. 품고 싶지 않은 병이 찾아와 아직도 내 품에 머무르고 있지만 그 시간이 용기를 낼 수 있게 해주었고, 무모할지도 모르는 도전을 할 수 있게 했다. 내가 쓰는 이 말들이 대단한 무엇이 아니더라도 부족하고 보잘것없더라도 그 어떤 순간보다 지금 이 순간이 더없이 행복하고 기쁘다. 완성되지 못할지도 모르는 글을 쓰기 시작하면서 두려움도 있었다. 하지만 완성되지 못할 글일지라도 쓰지 않은 것보다 낫다는 말에 힘입어 이렇게 나의 말들을 글로 쓰고 있다.

　다른 세상을 사는 것처럼 기적 같은 시간이 내게로 왔다. 그 시간이 살 수 없을 것 같던 날들을 견디고 살아가게 해주고 있다. 인생이 내게 준 시련이 다른 형태의 삶으로 흘러들게 했다. 운명이 결여된 온정을 베풀어 준 것일지도 모른다. 운명적인 감성을 통해 내가 들여다볼 수 있었던 감정들을 끌어모아 그 안에서 자유롭게 꿈꿀 수 있는 환상 같은 것이라도 좋은 순간이다.

　매번 이성에게 자리를 내어 주었던 감성이 나를 몹시 외롭게도 했지만 그러한 나만의 감성이 있었기에 지금을 가능하게 해주고 있다. 오래된 나의 운명 같은 나의 감성을 사랑한다. 힘들 때마다 '운명이 다음번에는 나에게 어떤 삶을 가져다줄 것인지 기다려보자!'는 생각으로 버텨냈다. 운명이 가져다줄 다음의 삶이 내게 주신 나머지 삶이라고 생각하고 그것이 어떤 것이든지 말없이 받아들이겠다고 다짐했다. 설령 그것이 지금보다 더 큰 아픔과 고통일지라도 설령 그것이 죽음일지라도….

　대부분 갑자기 들이닥친 병을 이기고 사는 사람들은 살아 있는 것 자체에 감사하고 자신의 삶을 더욱더 애지중지하게 되고, 무심코 지나쳤던 일상의 소소함마저도 감사하게 받아들이고 산다. 하지만 그러한 보통의 사람들에 비하면 솔직히 나는 살아 있다는 것 자체에 새로운 인생을 부여받은 것처럼 특별하게 감사하지는 않는다. 아니 오히려 원하는 삶과 죽음을 선택할 수 있었더라면 감사했을지도 모른다. 살아 있음에 앞서 내가 지키고 싶었던 소중한 것을 잃어버렸기 때문이며 삶과 죽음은 나의 선택이 아닌 신의 영역이라 생각하기 때문이다.

나의 지나친 오만일 수도 있다. 모르는 누군가는 죽음이라는 이름 앞에서 말도 안 되는 허세를 부린다고 생각할 수도 있겠지만 말할 수 없었던 지난 많은 날 상실과 결핍의 아픔으로 충분히 힘들 만큼 힘들었다. 아직도 가슴을 타들어 가게 하는 불덩이를 품고, 피와 숨이 멎는 것 같은 고통의 전율로 잠을 못 이룬다. 그래서 무엇보다 살아 있지만 살아 있는 그 자체보다는 어떻게 살아 있는지가 내게는 더 크고 중요한 문제이다. 살아 있어도 죽은 것과 다름없는 삶을 사는 것은 결코 원하지 않는다.

살아 있으면서도 마음 부서지며 죽어 있는 것과 같던 날들을 감사하며 살 수는 없었다. 몹시도 피곤했던 지난 삶을 이제는 몸이 아플지라도 지친 마음만이라도 편안하게 쉬게 해주고 싶다. 그것이 나 자신에게 해줄 수 있는 책임과 의무감 같은 일이라 생각한다. 그래서 주어진 나머지 삶을 좋아하고 원하는 일을 하며 살아야겠다는 생각이 다시 한번 간절해진다. 지금의 나를 있게 한 모든 시간과 모든 인연을 되돌아본다.

나를 스치고 지나간 사람들과 지금도 곁에 남아 있는 사람들과의 관계 속에서 울고 웃었던 지난날들이 그립기도 하고 아쉽기도 하다. 지난 시간과 지난 사람이 지금의 나를 가능하게 했으므로 어느 시간, 어느 사람 하나 감사하고 소중하지 않은 것이 없다. 돌이켜보니 사람들과의 관계 속에서 알게 모르게 소중했던 많은 감정이 쌓여가고 있었다. 지나간 사람도 지나간 사랑도 모두 그때 나의 것이라 소중하고 감사하다.

남겨진 기억이 추억이 되고, 그리움이 애틋함이 되어 꿈꾸었던 그 마음을 떠올려 다시 감성에 젖어 글을 써보고, 용기가 부족해서 못했던 일, 이것저것 재느라 못했던 일, 그동안 하고 싶었던 일, 좋아하는 일들을 작고 사소한 것부터 하나씩 차례대로 해보기로 한다.

밤을 달리던 기차가 종착역에 곧 정차한다. 나를 싣고

가는 인생의 기차는 또 어디로 나를 데리고 갈지. 어디쯤에서 멈추어질지 모르지만 그곳이 내가 원하는 종착지이기를 꿈꿔 보기라도 한다. 그렇게라도 가져본다.

 남은 날 사랑하고 사랑받으며 사랑하는 사람들 곁에서 슬픈 사연이 주는 눈물보다는 다시 오지 않을 아름다운 날들처럼 찬란한 웃음으로 살고 싶다. 단 하루를 살더라도…. 그리고 따뜻한 사람의 온기를 느끼며 단 하루만이라도 편히 잠들고 싶다. 하고 싶었던 많은 일 중에서 실현 가능한 것을 찾아서 나는 내일 박효신 콘서트에 간다.

 영혼을 울리는 아름다운 목소리를 들으며 슬픔의 눈물로 얼룩진 내 영혼이 한순간이라도 아름다워질 것이다. 시간이 자나고 나서 지금의 삶을 그리웠다고 할 것이다.

푸른 밤하늘을 올려다보면 별만이 알고 있는
이야기들이 밤하늘에 별빛으로 반짝인다.
별이 보고파서 그리워서 푸른 밤, 별을 찾아 헤맸다.
나의 생애는 별을 찾아가는 것으로 푸른 밤 속을
걷고 또 걷다가 돌아왔다.
별이 있는 이 밤이 너에게로 가는 길일지도 몰라서
한 걸음 가까이 다가가 보았다.

나의 노래는

나의 노래는

꺄~아~악!

 함성이 왼쪽 귀에 스피커 파열음처럼 찌를 듯이 파고
든다. 이내 멍해진다. 순식간에 바닷물에 깊이 빠진 것
같다. 귀에 흘러 들어간 물을 밖으로 밀어내려는 것 같
은 압력으로 소리가 단절된 멍한 고요가 3초. 화려한
조명이 반짝일 때마다 즐거운 흥분은 고조된다.

 몰려든 사람들 틈을 비집고 서서 많은 사람들이 가져
온 소음보다는 그들이 가져온 거리의 냄새가 더 많다
는 것을 느낀다. 내가 좋아하는 냄새는 없는지 먼 곳에
서 온 냄새는 없는지 더듬거려 본다. 바뀌는 조명 색에
따라 무대를 낮게 둘러싸고 있는 안개의 색도 미묘하게
시시각각 변한다. 핑크빛 세상이 푸른빛 세상으로 바
뀔 때마다 그 속도에 맞춰 눈동자도 빠르게 흐느적거리

며 리드미컬하게 춤을 춘다. 뻣뻣하기만 한 내 몸도 음
악에 충실하게 맡겨진다. 입가에 번지는 미소만큼 갈색
눈동자도 커진다. 얼굴로 떨어지던 조명 빛이 갈색 눈
동자에 반사되어 더욱 생기 있고 투명하게 눈을 반짝이
게 한다.

리듬을 타는 박자는 많은 사람들의 숫자만큼 자잘하
게 쪼개져서 많은 사람들에게로 가서 꽂힌다. 환상처럼
천장에 매달린 화면을 가득 채운 어떤 형상이 점점 선
명하게 모습을 드러낸다.

드디어! 그가 왔다. 박효신. 박효신이다!

피아노 앞에 앉아 건반을 두드리며 눈물이 날 것 같은
아름다운 목소리로 노래를 하며 드라마틱하게 등장했
다. 빛나는 조명에 그의 몸을 감싼 반짝이는 옷이 더욱
눈부셔 커다란 보석이 점점 더 크게 다가오는 것 같다.

그의 목소리가 빛났다. 그의 목소리와 노래가 그 시간
나를 지배하고 있었다.

그날 나는 거기에 있었다. 뜨거운 열기로 온몸과 마음
이 흔들리는 것을 느끼며. 나는 연예인에게 열광하는

사람은 아니다. 하지만 한 명의 가수와 한 명의 배우를 무척 좋아한다. 내가 좋아하는 순간과 마음 그 자체를 즐긴다. 그를 위한 최소한의 것을 하며 즐긴다.

언젠가 KTX를 타고 가던 중 앞자리에 앉은 중년의 아주머니가 자리에 앉자마자 방탄소년단의 콘서트 영상에 흠뻑 빠져있는 것을 보았다. 나이와 성별과 직업과 국적에 상관없이 자신이 좋아하는 가수와 배우들에게 열광하는 사람들의 열정이 활기찬 에너지가 되어 그들의 삶을 매끄럽게 해준다. 평범한 우리와는 다른 특별한 재능을 가진 그들이 있어 서로 다른 세계에 대해 꿈꿀 수 있는 환상을 준다. 그들의 재능과 수고로 무료한 삶에 활력소를 얻을 수 있어서 감사한다.

그런 내가 가장 좋아하는 가수가 박효신이다. 데뷔 초부터 그의 노래를 들었고, 좋았고, 이제는 사랑마저 해보려 한다. 너무 많은 경쟁자가 있어서 나 하나쯤은 더하고 빼도 그가 받는 많은 사랑은 변함이 없겠지만. 그를 생각하면 내가 어리고 순수해지는 기분이 드는 것 같아 웃음이 난다. 너무 일방적이고 손에 잡히지 않는 아름다운 환상 같은 사랑을 꿈꾸는 철부지가 된 것 같은 느낌이다. 세월이 가져간 나를 잠시 잊을 수 있어서 좋다.

　데뷔 초기 그의 목소리와 창법은 지금과는 달랐다. 그때 목소리를 내 느낌대로 표현하자면 카푸치노 커피의 두꺼운 거품처럼 머리를 울리며 가슴으로 파고드는 음색이었다. 어떤 이유로든 그가 창법을 바꾸면서 우려되었던 일은 그에게는 일어나지 않았다. 어린 나이에도 불구하고 이미 신의 선물처럼 갖고 있던 완성된 창법을 바꾸고도 새로운 목소리를 완벽하게 자기화시켰다.

　내가 좋아하는 가수가 그렇게 대단한 사람이라는 것이 그와는 상관없이 나만의 자부심이 되어 노래를 듣는 순간이 행복하다. 지금의 목소리는 잘 자란 나무에 내리쬐는 5월의 햇살이 연둣빛 잎사귀에 내려앉은 것처럼 두껍지도 가늘지도 않은 듣기 좋은 두께로 머리를 울리고 나서 가슴 안으로 파고들어 온다.

　그의 노래는 여전히 아름답다. 목소리에 영혼마저 녹아들어 어느 미지의 세계로 흘러갈 것만 같다. 목소리가 몸으로 흘러들면 신경 세포마저 풍요로운 활력을 맛본다. 달라진 목소리의 여운은 가사의 깊이만큼 길고 오래도록 매혹적이다. 슬퍼서 아름다움을 아름다워서 슬픔을 너무나 섬세하게 표현하는 그의 노래를 듣다 보면 가슴 밑바닥에 말라붙어 있던 찌꺼기가 쓸려 가는 기분이 든다.

 개인적으로는 창법을 바꾸기 이전의 목소리도 좋았다. 노래를 들을 때 가사의 의미를 중요하게 생각하는 터라 그때의 노래들도 가사들도 그 목소리에 잘 어우러져 듣는 순간 빠져들곤 했다. 시처럼 아름다운 가사들에 매료되었다. 좋아하는 별을 노래하는 가사들을 들으며 그의 별에서 나의 별을 찾을 수 있어서 더욱 좋다. 별을 찾아 아직 살지 않은 날들을 살아간다. 단 한 번도 빛나지 않았던 적이 없었던 별에게 내 마음을 지켜 달라고 이야기하면서.

 불청객처럼 불쑥 찾아온 병으로 인해 몸도 마음도 아팠던 치료 기간에도 그의 노래로 따뜻함을 향유할 수 있어서 그나마 내게서 달아나려 했던 남은 영혼이 차갑지 않을 수 있었다.

 위로의 시간이 필요한 사람을 기다려 주기라도 한 것처럼 방사선 치료 기간 동안 병실에 혼자 틀어박혀 죽음 같은 시간을 보내고 있었던 나를 그의 노래가 살게 해주었다. 콘서트 이외에 거의 모습을 드러내지 않는 그였지만 천재 뮤지션 정재일의 '너의 노래는'이라는

TV 프로그램 첫 회에 출연한다는 소식을 들었다. 평소 TV를 잘 안 보던 나는 채널을 고정해 놓고 시계를 봐 가면서 연인 기다리듯이 기다렸다.

음악을 사랑하는 두 남자 박효신과 정재일의 모습이 아름다운 자연과 함께 더욱 아름다웠다. 프랑스 한적한 시골 마을의 오래된 저택에서 음악 작업을 하는 두 사람의 모습을 볼 수 있었다. 기타를 치며 노래를 부르자 창밖으로 거짓말처럼 눈이 내리기 시작했다. 조용히 내리는 눈은 오래된 시골 마을의 저택을 한층 더 고즈넉하게 했다. 흰 눈에 뒤덮여 장엄하고도 서늘해서 슬프게 보였다.

내 마음 탓에 더욱 그렇게 보였을 것이다. 포플러나무처럼 보이는 커다란 나무에 소리 없이 쌓여 가던 눈을 보면서 몇 해 전 유럽의 어느 외진 도로를 지나다가 눈을 만났던 날이 기억났다.

갑자기 미친 듯이 퍼붓던 눈을 보며 아름다워서 눈이 시렸었다. 눈으로 볼 수 있어서 더없이 아름다운 것을 보며 사람들의 감탄사가 창밖을 향해 달려 나갈 때 내 눈물은 흰 눈에 반사되어 투명한 무채색이 되어 흘렀었다. 때마침 유럽의 시골길을 달리던 차 안에서 흘러나오던 윤미래의 ALWAYS 노래가 흰 눈처럼 마음을 희고 시리게 해서 애틋함이 더해진 눈물이었다. 지금도 그 노래를 들으면 그날 흰 눈이 녹아 투명한 눈물이 되었던 때를 온몸으로 느낄 수 있다.

다른 장소 다른 시간이지만 어딘가 모르게 비슷한 느낌을 주는 아름다운 장면을 화면으로 보면서 그때의 눈물과 그때의 노래를 떠올렸다. 당장이라도 달려가고 싶은 아름다운 곳에서 들려주는 노래와 나의 지난 기억이 나뭇가지마다 무겁게 쌓이고 있는 눈처럼 애틋하게도 아련하게도 무겁게도 쌓여 가고 있었다.

몇 번을 보고 또 봤는지 모른다. 병원에 있었던 그 시간 동안 몸보다는 마음이 아프고 힘들었다. 겉으로는 평온한 듯 보였지만 치료 기간을 통틀어서 가장 마음이 아프고 힘들어서 일분일초가 억만 년처럼 느껴졌다. 시간이 어서 지나가면 나아질 수 있을 것이라는 희망으로 견뎌냈다기보다는 선택의 여지가 없어서 시간이 이끄는 대로 끌려가고 있었다. 아픔과 눈물의 시간을 조금이나마 빠르게 흘러가게 해주고, 마음을 황량하게 만드는 혼란스러운 상념을 잠시 잊어버릴 수 있게 했던 그의 노래에 깊이 감사한다.

아주 작고 사소한 무엇 하나에도 마음을 쏟아야만 살 수 있었던 시간을 그렇게라도 살게 해주었다. 위로와 위안을 넘어서서 뼈 마디마디까지 아프게 하고, 잠 못 들게 해서 어떤 약도 소용없었던 시린 마음을 조금이나마 치유할 수 있게 해주었다. 벽난로 안에서 불타는 장작더미 위로 주홍빛 불꽃들이 춤추듯 흔들리며 따스한 온기를 뿜어내고 있었고, 밝혀 놓은 촛불이 잊어야만 하는 비밀이 되어 버린 어둠의 우울을 밝히고 있었다. 화면에 아름다운 장면마다 아름다운 목소리와 아름다운 피아노 소리, 낭만적인 기타 소리가 적막한 병실 안에 웅크리고 앉아 있던 나를 그곳으로 데려다주었다. 외면하고 싶은 현실에서 환상 같은 꿈의 시간으로.

그렇게 천천히 시간을 걸으며 매일 그의 노래를 들었다. 떨쳐내고 싶은 어둡고 무거운 시간에서 걸어 나왔지만 지금도 지난겨울의 아픈 마음들을 다 벗어내지는 못했다. 시간이 지나가도 모든 것이 다 해결되는 것은 아니라는 것을 알았다. 오히려 시간이 지나면서 희미해지지 않고 더욱 선명해지는 것이 있다는 것도 알았다. 시간을 되돌릴 수 없다는 것을 알면서도 시간을 되돌려 놓고 싶은 순간들이 아직도 나를 아프게 한다.

시간이 지난다고 해도 여전히 그 아픔들을 다 지워내지는 못할 것이다. 다만 희미해지기를 바라며 언제든 원하는 한 함께 해 줄 노래를 듣고, 잠시라도 잊을 수 있는 순간에는 공허하지 않음을 감사했다.

콘서트를 즐기며 환호하는 사람들과 함께 아름다운 노래와 목소리가 현실이 아닌 환상의 세계에 나를 데려다 놓고 꿈을 꿀 수 있도록 허락해 주었다. 그 꿈속에서 원하는 것은 무엇이든 만들어 낼 수 있고, 무엇이든 소유할 수 있게 했다. 그것이 그의 힘이며 그의 노래가 가진 힘이다.

내 영혼에서 아픔을 멀리 밀어내 주는 아름다운 목소리를 세상 어디에도 없는 그만의 아름다운 노래를 계속 들을 것이다. 그의 노래로 울고 웃으며 힘들었던 날들을 견딜 수 있었던 나처럼 그의 노래를 사랑하는 어느 누구라도 기쁠 때나 슬플 때나 힘들거나 외로울 때 위로와 위안을 받을 것이다. 결여와 결핍을 아름답게 채워 줄 것이다.

예술에 사상이 더해지면 문학이 된다고 했다. 박효신의 노래라는 예술에 박효신이라는 장르가 사상이 돼서 더해지면 박효신은 문학이 된다고 해도 그것이 지나친 동경은 아닐 것이다. 문학도 예술도 사상도 모두 그것을 아끼고 사랑하는 사람들에 의해 특별한 의미 부여가 되니 말이다.

3년 만에 열린 콘서트를 운 좋게도 티켓과의 전쟁에서 성공한 덕분에 직접 가까이에서 그의 노래를 듣고 볼 수 있었다. 긴 시간 몸이 힘들었지만 현실에서 멀리 떨어진 세계에 와 있다는 착각으로 꿈을 꾸듯 행복했던 시간이었다.

콘서트가 끝나고 밖으로 나오자 가시지 않는 사람들의 흥분과 대낮의 열기가 식지 않은 밤의 열기가 구별하기도 어려웠다. 사람들 틈에서 가지고 나온 열기도 그대로 남아 있었다. 각자의 자리에서 실컷 즐기다가 공연장 밖에서 만난 이제는 박효신의 열혈 팬인 S언니는 열혈 팬이 되어 버린 언니의 아들과 늘 공연장을 함께 다니는 사이가 되었다.

모자가 함께 공통의 관심사를 가지고 공유하는 그 모습이 참 보기 좋다. 우연히 콘서트 일정이 같아서 복잡한 사람들 틈에서 만난 것이 몹시 반가웠다. 우리는 콘서트 감상문을 쓰기라도 하듯이 갈증 난 목을 축여 가며 지치지도 않고 한참 뒷이야기를 했다.

즐거운 소란이 내 품에서 타올라 한동안 사라지지 않
을 것이다.

"석양과 달빛을 사랑하는 방식으로 당신을 사랑한다.
그 순간이 머무르기를 바라지만,
나는 오직 그 순간을 소유한다는 느낌을 소유하기를
원할 뿐이다."

내가 그를 소유했던 순간의 느낌을 충분히 소유하고
나서야 돌아올 수 있었다.
나를 위해 노래를 불러 주었던 그 순간처럼.
그의 노래를 그의 목소리를 그가 노래하는 세상을
사랑한다.
그의 연인이 되어서. 나의 연인이 되어서.

LOVERS : Where is your love?
Riveted in my mind.

죽음에 관하여

죽음에 관하여

소중한 것을 잃는다는 것이 무엇인지 그것이 주는 아픔이 어떤 종류의 것인지를 미처 알기도 전에 소중한 사람들을 죽음이라는 이름으로 잃고, 스스로 생각이라는 것을 할 수 있을 때부터 죽음에 대해 자주 생각할 수밖에 없었다.

죽음이 늘 가까이 있다는 것을 문득문득 잊고 살기도 하지만 죽음은 의식하지 못하는 순간에도 가장 가까이 있는 벗어날 수 없는 운명과 같은 것이다. 죽음이 단순히 육체적 소멸만을 이야기하는 것이라 슬퍼할 이유가 없다고 생각한다면 간단한 일이라 느껴질 때가 있다. 현재와 미래의 시간에서 죽음으로 존재하는 것이 아니라 과거의 시간에서 영원히 살아 있다고 생각하면 된다. 하지만 사람의 죽음이라는 것이 생각처럼 간단하지는 않다. 길거나 짧은 인생을 사는 동안 그가 가진 모든 것들과 모든 사람이 함께 소멸하고 정지된다.

남겨진 사람의 부서진 마음은 그 무엇으로도 대신할 수 없다. 누구든 죽을 수밖에 없지만 죽기 위해서 사는 사람은 없다.

사람은 누구나 태어나는 순간부터 시작된 죽음의 시간으로 향해 나간다. 그것은 살아 있는 사람의 힘으로 거부할 수 없는 필연적으로 주어진 운명이다. 누구라도 받아들여야만 하는 운명과 같은 죽음을 피해 갈 수는 없다. 죽음 자체를 선택할 수도 없고, 누구도 죽지 않을 수도 없다. 다만 언제 어느 때 어떻게 죽느냐의 차이만 있을 뿐이다. 그 사실들을 누구나 당연히 알고는 있지만, 현실적으로 당장 자신 앞에 닥쳐오지 않은 일에 대해서 자신과 상관없는 먼 타인의 이야기라 여기며 등한시할 뿐이다. 어쩌면 그것 또한 당연한 일이다. 매일 매 순간 죽음만을 생각하며 살 수는 없다. 내내 죽음만을 생각하고 살기에는 우리는 너무 많은 일과 너무 많은 생각에 지쳐 있고, 죽음만을 생각하면서 우울한 일상으로 아까운 시간을 낭비할 수는 더더욱 없다. 애써 외면하고 싶었던 그러한 사실들을 바쁜 일상에 묻어 두고 지나치며 살다가 내 주변에서 갑작스러운 죽음을 맞이하게 될 때 외면하고 싶었던 사실들이 수면 위로 떠올라 결코 그냥 지나칠 수 없게 한다.

　죽음을 늘 염두에 두고, 생각하고 살고 있었던 나 역시 그러한 경우이다. 어느 날 예기치 않게 찾아온 병은 죽음을 떠올리게 했다. 당장 죽지는 않을지라도 죽음이 내 생각보다 훨씬 가까이 왔다고 느껴지는 현실 앞에서 두려움이 앞서기도 했다. 속수무책인 상태로 맞닥뜨린 혼란스러운 상황에서 죽음을 미리 준비하고 맞이할 수 있다면 조금 더 의연하게 자신을 지켜 낼 수 있지 않을까 했던 평소 생각이 더 확고해졌다.

　그러한 내 오랜 생각으로 그동안 죽음에 관한 책들을 읽어보기도 했다. 죽음의 순간에 죽음을 대하는 나의 자세와 마음가짐에 대해 조금은 도움을 받을 수 있을지도 모른다는 생각 때문이었다.

　병이 가져다준 죽음에 대한 생각은 더욱 현실적으로 절실하게 다가왔다. 어쩌면 생각했던 것보다 많은 시간이 남아 있지 않다는 두려움이 커졌다. 그래서 얼마나 남아 있는지 알 수 없는 그 시간을 나를 위해 제대로 잘 쓰고 싶어졌다.

자신의 지나온 삶을 돌아보며 마지막 순간까지 매 순간을 절실함과 감사함으로 살아가라고 말한다. 살아서 행복했던 날들을 기억하며 죽는 순간 웃을 수 있음을 감사하라고 말한다. 지금 주어진 것들을 아끼고 사랑하며 최선을 다하고, 정성을 다하라고 말한다. 나는 죽음의 순간을 얼마나 감사하는 마음으로 의연하고 우아하게 맞이할 수 있을까?

예기치 못한 사고로 갑작스러운 죽음을 맞이하는 경우를 제외하고 병으로 인한 죽음이 대부분이라면 어느 정도는 자기 죽음을 스스로 맞이하고 준비할 수 있을 것도 같다. 각자 다양한 방식으로 자기 죽음을 받아들이고 마지막을 맞이한다. 보통의 경우 죽음을 앞둔 당사자의 의사 결정권이 우선시되기보다는 대부분의 가족들이 함께 결정한다.

실제 외국의 경우를 보면 죽음을 선택하고 결정할 수 있는 모든 권한이 자신에게 있다. 어쩌면 그것은 너무나 당연한 일이자 꼭 필요한 일이라고 생각한다. 어느 정도 죽음의 시간에 가까워지면 힘들게 유지해 오던 병원 치료를 중단하고, 온갖 기계들에 몸을 맡겨 놓고 약물에 의지해 살아 있는 시체처럼 살아도 사는 것이 아닌 시간을 좀 더 다르게 살기로 결정한다.

꼭 필요로 하는 최소한의 치료만을 하면서 죽음을 겸 허하게 받아들이고 준비하고자 하는 사람들을 위한 병원 시설도 있다. 그곳에서 나머지 시간을 맞이하는 사람들은 오히려 마음 편안해 하고 행복해 한다. 자신에게 남아 있는 얼마간의 시간을 자신과 가족과 사랑하는 이들을 위해 할애할 수 있다. 남겨진 사람들이 슬프지 않기를 바라며 행복한 마음으로 자기 죽음을 함께 준비하고 마지막 추억을 남긴다.

죽음 앞에서 존엄을 지키고 싶다는 내 생각은 지극히 개인적인 측면에서 존엄사를 옹호하는 입장이다. 비록 태어나는 일은 나의 선택이 아니었지만 죽음은 스스로 선택하고 싶다. 사랑하는 사람들에게 남겨질 마지막 모습을 아픔과 고통에 찌든 모습이 아닌 나답게 죽음을 받아들이고 의연한 모습으로 죽음을 맞이하는 아름다운 장면으로 남기고 싶다. 나의 이러한 생각은 내 부모님들의 죽음이 주는 영향이 큰 것일 수도 있다.

현실이 우리에게 언제 어떤 형태의 죽음을 가져다줄지는 모르겠지만 죽음의 순간을 스스로 인식하고 인간다운 마무리를 할 수 있도록 준비할 수 있었으면 하는 바람이다. 최소한의 마음가짐으로 지난 시간을 돌아보며 후회 없이 매 순간을 잘 살아왔는지를 생각하며 자신을 위해 미리 준비할 수 있다면 죽음이 두렵지 않을 수도 있다. 자신의 존엄성을 마지막 순간까지 지킬 수 있다면 더 바랄 것이 없을 것 같다. 마지막 남은 삶에 감사하지 않을 수 없다.

어떻게 살 것인가도 중요하지만 어떻게 죽을 것인가도 중요한 문제이다. 흔히 어른들 말씀에 죽는 복도 타고 난다고 했는데 그 말대로라면 사람이 한평생 살아가면서 가질 수 있는 욕심 부려 보는 마지막 복이 아닌가 생각한다.

매 순간 죽음을 준비하는 마음으로 살아야 한다. 누군가의 죽음은 내가 살아 있음을 감사해야 하는 잔인한 이기심을 주기도 하지만 나처럼 남겨진 사람들에게 아픔을 조금이라도 덜 줄 수 있도록 내 아이들에게도 가끔 죽음에 대해 자연스럽게 이야기한다. 그래야만 갑작스러운 죽음 앞에서도 우리는 조금은 의연하게 부서지는 고통을 견딜 수 있을 것이다.

건강한 삶을 유지하고 있는 상태에서 죽음을 이야기한다는 것이 자칫 사람을 우울하게 만들 수 있겠지만,

죽음이 코앞에 닥치기 전에 일상의 삶을 맞이하는 자연스러운 기분으로 가끔 무심한 듯 이야기하는 것이 금기어처럼 꽁꽁 닫아 두는 것보다 훨씬 더 좋다고 생각한다.

그래서 나는 자주 이야기한다. 나에게 선택권이 있는 내가 원하는 죽음의 방식에 대해서 그리고 나면 넋두리처럼 말한다. 죽음의 순간을 선택할 수 있다면 아카시아 아래에서 아카시아 꽃잎이 날리고 아카시아 향기 가득한 따스한 바람이 부는 날 죽으면 좋겠다고. 내가 죽으면 아카시아 아래 묻어 달라고 이야기한다. 죽어서 아카시아가 되고 싶다고.

언젠가 어떤 상황에서 가깝다고 생각했던 사람에게 내가 죽어야겠다고 가벼운 농담처럼 말을 건넨 적이 있었다. 그랬더니 즉시 죽지 말라는 대답이 돌아왔다. 가벼운 농담처럼 그 말을 건넨 것 같았지만 절실한 마음을 가장 직설적으로 표현한 말이었다. 구구절절 설명할 수 없었던 상황과 마음을 죽어야겠다는 한마디로 표현할 수밖에 없었다.

그때 힘듦을 가장 원초적으로 표현한 자신도 껴안을 수 없는 나의 말이었다. 그 말을 듣는 사람 처지에서는 그냥 무심히 흘러가는 말이라 생각했고, 그럴 수밖에 없었다는 것도 알고 있다. 그 말 이후로 어떤 의미에서 나는 정말 죽었다고 생각한다. 먼저 나 자신을 잃어버렸고, 잃고 싶지 않았던 어떤 것들을 잃게 되었다. 그것으로 아버지가 죽던 날 죽었던 나는 그때 다시 한번 죽었다.

나는 죽음으로 소중한 사람들을 잃었고, 나 자신을 잃었다. 죽음이라는 피할 수 없는 과정들을 겪어 오면서 외로웠던 날들이 어느 날은 나의 현실로 가장 가까이 와 있기도 했다. 죽음을 보고, 듣고, 느껴 보면서 두려웠고, 많은 날 아주 많이 슬펐고 슬퍼할 것이다. 죽을 수밖에 없는 현실을 받아들이고 살면서 매일 많은 생각이 들락날락한다.

시간이 얼마 남지 않았다는 생각이 들었다. 나 자신을 위해 온전히 쓰고 싶고 쓸 수 있는 시간이 정말 얼마 남지 않은 것이다. 그것도 몸도 마음도 온전히 건강하게 자신의 존엄을 지키면서 자신의 의지대로 건강하게 살 수 있는 날이 짧으면 5년, 길어도 10년이 채 안될 것 같다는 생각이 들자 마음이 조급해졌다. 물론 물리적인 시간은 훨씬 더 길 수도 있다. 하지만 지금 이 순간에도 노화되고 병들어 가고 있으니 아프지 않고 몸도 마음도 건강하게 살 수 있는 날이 실질적으로는 그동안 살아왔던 날들보다 훨씬 적을 것이다.

지난 삶 모든 순간이 다 아쉽고 아깝다고, 누군들 아쉽지 않고 아깝지 않은 삶이겠냐고 말했던 여배우의 말이 생각났다. 얼마 남지 않은 소중한 시간을 자신을 위해 원하는 일을 하면서 살다가 죽는다면 그동안에 힘들었던 삶을 보상받을 수 있을 것 같다는 생각이 든다.

막연하던 죽음에 가까이 있었고, 또 그보다 한 발짝 더 가까이 다가가 보니 당연하게 드는 생각이다.

아름다운 이 세상에서 누구보다 아름답게 살았으며, 슬픔도 기쁨도 외로움도 함께하며 인간적인 애틋한 삶을 살다 떠나갔다고 나를 기억해 주면 좋겠다. 사랑했던 모든 이들에게 마지막 감사의 인사를 할 수 있는 시간을 갖고 싶다.

살아 있던 삶에 감사하는 시간과 하지 못했던 일들과 하지 못했던 말들을 하나씩 해나가면서 남아 있는 시간의 소중함을 더없이 느끼게 된다. 누구나 그렇듯이 나역시 죽음의 마지막 순간을 우아하고 아름답게 맞이하고 싶다. 다시 돌아오지 않을 삶. 죽음에 모두 내어 주고 나면 흔적도 없이 사라질 나의 삶이 보잘것없어도 마지막 순간까지 아름답게 살고 싶다.

톨스토이는 인생론에서 인간의 참된 생명은 죽음에 의해 소멸하지 않는다고 했다.

죽음으로도 소멸하지 않는 인간의 참된 생명은 살아 있는 동안에 자신이 이뤄 놓은 인생 그 자체인 것이다. 죽음 뒤에도 우리가 남겨놓은 인생과 함께 영원히 남겨져 있을 것이다.

나의 죽음 뒤에서 내가 목숨처럼 사랑했던 사람들은 사랑했던 날들의 나를 얼마나 기억해 줄까?

죽음의 마지막 순간에 어떤 생각들이 나를 찾아올까?

아름답고 우아하게 죽기를 바라며 매 순간 죽음을 향해 다가가고 있다.

그런데도 삶과 죽음의 시공간에서 살아 있는 모든 것들과 모든 순간에 감사해야 함을 안다.

사랑했고, 사랑받았고, 남은 날도 사랑하며 내가 가진 사랑과 내가 가진 사람과 내가 가진 것들에게 다시 한 번 감사하며 다시 오지 않을 날과 남은 날들을 소중히 쓰기 위해 오늘도 지금 이 순간을 아프게도 기쁘게도 살아간다.

텅 빈 여행 가방을 가득 채웠다.
낯선 세상으로 떠나가는 날을 설렘으로 꿈꾸었고,
익숙한 세상으로 돌아오는 날을 그리움으로 기다렸었다.
나의 설렘과 그리움 모두 돌아와야 할 곳이 있었기에
더 애틋하게 깊었었다.
당신에게로 돌아가기 위한 여행은 언제쯤 끝이 날지
나도 잘 모르겠다.

나무

나무

내일 지구의 종말이 오더라도 오늘 한 그루의 사과나무를 심겠다고 했다.

그 누군가 심어 놓은 사과나무에 열린 사과를 먹으며 죽음이 나를 데려가면 아카시아 아래 묻어 달라고 이야기했다. 아카시아를 무덤가에 심으면 안 된다는 어른들의 근거 없는 미신 같은 말은 베어 내도 자라나고 자라나는 아카시아의 끈질긴 생명력 때문이었을 것이다. 아카시아를 사랑하게 된 이유가 그 끈질긴 생명력을 남모르게 동경했던 까닭에 있었던 것일까? 끈질긴 생명력이라도 있으면 다시는 무엇을 잃지 않을 것 같았다.

나는 나무가 되고 싶다. 죽어서 다시 태어나면 그때는 나무가 되고 싶다.

한곳에 깊이 뿌리내리고 나면 영원히 그 자리에

머무르는 나무를 보면서 그처럼 되고 싶은 오래된 염원을 갖게 됐다.

뿌리를 통해 땅을 사랑하고, 가지를 통해 하늘을 사랑하고, 바람을 통해 세상을 사랑하고 그 모든 것들을 통해 자신을 사랑하는 나무가 되고 싶다. 애초에 아무것도 가지지 않으면 상실도 결핍도 없을 것이다. 애련에 물들지 않고, 애환이 서리지 않고, 꿈꾸지도 노래하지도 않을 것이다.

비에 깎이지 않고, 바람에 흔들리지 않고, 웃고 울지도 않고, 안으로 삼키고 고요하게 침묵하면서 땅에 깊이 뿌리내리고 바람이 가져다주는 세상의 이야기에 그저 귀 기울이는 나무가 되고 싶다.

가지를 뻗어 하늘에 빛나고 있는 나의 별을 사랑하면서 바람에게 들은 세상의 이야기와 나의 이야기를 실려 보내고 싶다.

나무는 아무 말 없이 늘 아프다. 나무에서 향기가 나는 것은 나무가 아파서 자신을 치유하기 위해서 내어 놓는 견딤의 방식이다. 침묵하며 안으로 향기에다 자신의 아픔을 뱉어 놓는 것이다. 나의 아픔은 나무의 아픔이 뿜어내는 향기로 치유된다. 모든 것에는 결국 아프

지 않게 하는 치유의 방식이 있다는 것을 나무의 향기
로 알게 된다. 약간의 바람, 약간의 햇빛만 있으면 행복
해지는 그 이상 아무것도 필요 없는 나무의 욕망은 필
연적 풍경이 된다.

 불면의 밤을 주었던 침묵이 나무에는 온기를 불어
넣는다. 슬픔이 비가 되었던 눈물이 나무에는 숨결을
불어넣는다.
 나는 나무가 되고 싶다.
 삶도 죽음도 없으며 어떤 바람도 나무를 떠나지 않기
에….
 나는 나무가 되고 싶다.
 그러면 아무것도 내 곁을 떠나지 않을 것이다.

큰 딸에게 보내는 편지

사랑하는 나의 딸에게.

　아주 오랜만에 언제 읽힐지 모를 이 편지를 병실에 앉아 너에게 쓰고 있단다. 우리가 함께 힘든 시간을 보내고 있구나. 함께여서 그나마 견딜 수 있었던 지난 시간에 감사한단다. 병실에 혼자 있으니 책을 마음껏 읽을 수 있어서 좋다. 그러다가 지루해지면 낯선 골목 이곳저곳을 돌아다녀 보기도 한단다. 잠 못 드는 밤 어둠 속에 누워서 이런저런 생각들을 하다 보면 만져지지 않는 지난 시간들이 선명하게 떠오른다.

　지금의 너와 비슷한 나이에 어리고 서툴렀던 내가 엄마가 되었다. 너를 처음 보았던 그해 6월의 마지막 날. 그날의 만남을 잊을 수 없다. 무거워질 대로 무거워진 몸을 이끌고 병원 문을 밀고 들어갔을 때 너무 두렵고 겁이 났었다. 살면서 처음 겪어보는 고통이 순간순간 정신을 잃게 했지만, 그때 그런 생각을 했다. '지금 이 순간을 버티면 조금만 버티면 저 안쪽 수술대 위로만 올라가면 그때까지만 참으면 아이를 만날 수 있다.' 오로지 그 생각만 하고 있었다. 첫 아이라서 그랬는지 세 아이 중에 유난히 힘들었다.

 사람들이 떠메듯이 데려가 수술대 위에 눕히자 그렇게 마음이 편할 수가 없었다. '이제 그토록 간절히 기다리던 시간이 되었구나.' 그런 기다림 끝에 말 그대로 핏덩이 하나가 품에 안겨 왔다. 그런 너를 안고 수술대 위에서 얼마나 울었는지 모른다. 지금도 그때의 그 마음이 느껴져 눈앞이 흐려진다. 그 눈물의 의미를 알 수 없는 사람들은 이해하지 못할 상황이라 나중에 병원에서는 우울증 징후가 있는 건 아닌지 귀찮을 정도로 신경을 썼다. 가장 원초적인 힘을 발휘하고 난 후 지칠 대로 지쳐서 병실로 옮겨져 거울을 보니 머리는 산발이 되어 있고, 얼굴과 온몸에 가는 혈관들이 다 터져서 시뻘건 얼굴이 정말 보기 흉했다. 정신을 잃지 않은 것이 다행이다 싶을 정도였단다.

그렇게 처음 너와 만났다. 이런 이야기를 새삼스럽게 하는 이유는 늘 곁에 있어서 당연한 존재들처럼 느껴지지만, 처음부터 모든 것이 하나도 쉽지 않았다는 것을 말해 주고 싶었다. 그렇게 어렵고 힘들게 너는 내 딸이 되었고, 나는 네 엄마가 되었다. 세상 모든 엄마에게 자식이 생긴다는 것이 소중하고 특별한 의미겠지만 그런데도 남달랐던 엄마의 마음을 너도 이제는 충분히 잘 알고 있을 것이다.

첫 아이였던 너로 인해 처음으로 엄마가 되어서 경험한 모든 일과 모든 감정이 기쁘기도 했고, 아프기도 했지만, 그 모든 날에 감사한다. 그날들이 있었기에 우리가 함께 한걸음 앞으로 성장해 나아갈 수 있었고, 서로의 마음에 기대어 좋은 날도 나쁜 날도 살아갈 수 있었다. 그 조그맣던 아이가 어느덧 커서 어른이 되어 가고, 서툴고 어리던 엄마도 어느덧 나이를 먹어 세상을 조금 더 알게 된 만큼 또 늙어가고 있구나. 하지만 아직도 너도나도 알아야 할 세상이 많이 남아 있단다.

남아 있는 세상을 살아가면서 내가 너를 사랑했듯이 누군가를 진심으로 사랑하고, 많은 사랑을 받으며 행복하기를 바란다. 그리고 누구보다 먼저 너 자신을 아끼고 사랑해야 한다. 누군가를 사랑하고 사랑받을 때 그 사람의 있는 그대로를 사랑하고, 있는 그대로의 너를 사랑해주는 사람을 만나 따뜻하고 행복한 마음을 가지고 살기를 바란다. 그 따뜻하고 행복한 마음이 너에게 웃음을 줄 것이며 살아가게 하는 힘을 줄 것이다.

평생 잊지 못할 사람과 잊지 못할 사랑 한번 해보는 것도 인생의 많은 선물 중의 하나라고 생각한다. 하지만 그 사랑이라는 것이 쉽지만은 않은 가장 힘들고 어려운 일이라서 마음 아프고, 부서지는 날도 있을 것이다. 그마저도 소중하게 간직하며 힘들고 어려운 날들을 몸도 마음도 아프지 않을 수는 없으니 조금 덜 아프게 살아가기를 바란다. 웃음과 눈물의 시간들 속에서 조금씩 어른이 되어 가는 너를 보게 될 것이다. 어른이 되어 간다는 것은 앞으로 살면서 힘들고 어려운 일을 혼자서 책임지고, 감당해 나가야 한다는 뜻이기도 하다.

아프고 힘든 날도 몸과 마음이 지칠 때도 꺾이지 말고, 당당하게 너다운 모습을 잃지 말고 지키면서 잘 견뎌주기를 바란다. 많은 날 자기 자신을 스스로의 힘으로 지키면서 산다는 것이 엄마에게도 쉽지만은 않은 일이었다. 엄마도 자신을 스스로 잘 지키지 못해 몸과 마음을 아프고 힘들게 했다. 짧다면 짧고, 길다 하면 긴 삶을 살아 보니 좋은 날만 있는 것도 아니었고, 나쁜 날만 있는 것도 아니었다. 다만 나쁜 날보다는 좋은 날들이 많기를 간절히 바라는 마음으로 너의 아픔과 눈물은 내가 다 가져갈 테니 많은 날 행복하기만을 바란다.

엄마도 어느 때보다 마음이 아플 때는 엄마가 곁에 있어 주기를 바랐었다. 그런 내 마음처럼 엄마가 너의 곁에 있다는 것만으로 위로가 된다면 더는 바랄 것이 없겠다. 그래서 건강하게 오랫동안 곁에 있어 주고 싶었는데 엄마의 갑작스러운 병이 너의 마음을 아프게 하고, 그 예쁜 얼굴을 눈물로 적셔지게 해서 내 몸이 아픈 것보다 더 마음이 아프고 미안했단다.

수술실로 혼자 들어가 불투명한 자동문 밖에서 애타게 기다리고 있을 너를 생각하면 눈물이 날 것 같았지만 울지 않으려고 있는 힘껏 참았다. 다시 못 볼 거라는 생각은 안 했지만 한편 내 의지대로 할 수 없는 일들이 있기 마련이라 그 짧은 시간 동안 별의별 생각이 다 들었다. 가장 사랑하는 사람이 너무 보고 싶었고, 그 사랑하는 너희들을 위해 힘을 내야 한다고 생각했다. 너와 동생들에게 내가 받지 못한 사랑까지 아낌없이 더 많이 주고, 좋은 엄마가 되고 싶었다. 그런 엄마의 마음을 느꼈으리라 믿는다. 다만 좀 더 많이 사랑해주고, 좀 더 좋은 엄마가 되어 주지 못한 건 아닐지 미안한 마음이 들었단다. 그래도 힘든 날들 엄마의 많던 눈물도 너로 인해 어디쯤에서 그칠 수 있었고, 웃을 수 있었다. 너와 동생들이 곁에 있었기에 살 수 있었던 날들에 감사한다.

엄마는 사랑하는 사람이 곁에 없다는 것이 무엇보다 마음 아프고 슬픈 일이었다. 그러니 앞으로 남은 날들은 서로가 곁에 있음을 감사하는 마음으로 살아가도록 하자.

사랑하는 딸아. 엄마의 딸이 되어 줘서 감사했다. 너의 첫 번째 세상이 될 수 있어서 행복했다. 너도 언젠가 누구의 엄마가 되고, 누구의 첫 번째 세상이 되는 날 너를 온 마음 다해 한없이 사랑한 엄마를 떠올리며 가슴이 뜨거워지기를 바란다. 사랑받았던 날들을 감사하며 너에게 남아 있는 모든 날이 너처럼 눈부시고 아름답기를 간절히 바란다. 엄마가 너에게 바라는 것이 참 많기도 하구나. 사랑하는 사람에게는 나를 위한 바람이 아닌 그 사람을 위한 바람이 많아지는 거란다.

　엄마의 바람보다 더 많이 사랑하고 사랑받으며 부디 행복해야 한다.

　죽는 날까지 너희들의 행복을 보는 것이 엄마로서의 마지막 바람이다.

　오늘도 너의 웃는 얼굴을 볼 수 있어서 행복했다.

　그 누구도 아닌 나의 딸인 너를 사랑하고 또 사랑한다.

작은딸에게
보내는편지

엄마의 자부심이 되어 주는 사랑하는 작은딸.

끝이 조금 말려든 곱슬기 있는 머리카락, 동그랗고 초롱초롱한 커다란 눈, 반죽을 곱게 빚어서 얹어 놓은 것 같은 끝이 두루뭉술한 코, 올라간 입꼬리가 웃을 때면 더욱 치솟는 매력적인 입술, 누구라도 한번 빠지면 헤어 나오지 못할 것 같은 움푹 파인 보조개가 있는 볼.

가끔 들여다보는 사진첩 안에서 엄마를 향해 웃고 있는 너의 얼굴이 어쩌면 저렇게 예쁘고 매력적인지 엄마는 너의 웃는 얼굴이 좋단다. 가만히 있을 때도 올라간 입꼬리가 웃을 때면 더욱 치켜 올라가는 것을 보면 세상없이 예뻐서 더 좋단다. 잠이 오지 않는 날 밤에 함께 읽었던 책을 이야기하며 세상을 사랑을 아직 잘 몰라서 이해할 수 없는 것들을 물어오면 내가 아는 한 열심히 이야기해주고, 엄마의 지난날들을 이야기하며 시간 가는 줄 모르고 있으면 오래전부터 엄마가 꿈꾸던 사소한 순간이라 더없이 좋단다.

　미뤄 왔던 너와 함께 하고 싶었던 모든 일을 하나씩 해보는 시간이 엄마에게는 더없는 행복을 가져다준다. 소중한 추억으로 남을 우리의 시간들을 위해 건강하게 오래도록 너의 곁에 있을 수 있도록 남은 날도 지금껏 그래 왔던 것처럼 애쓰며 살 것이다. 너 또한 소중한 삶을 위해 마음을 다해 애쓰며 살아가기를 바란다. 사랑하고 사랑받으며, 몸도 마음도 아프지 않고 살 수는 없지만 아파야 한다면 조금 덜 아프면서 살아가기를 바란다.

　사람이 세상을 살면서 고통과 아픔을 겪는 것은 그 고통과 아픔을 통해 성숙해 나가기 위함이 아닌가 생각한다. 엄마 또한 살면서 피할 수 없는 고통과 아픔을 겪어 오면서 견딜 수 없이 힘들었단다. 견딜 수 있는 양만큼의 고통과 아픔을 준다고 했는데 그래서 견딜 수 있었을까? 힘들어서 죽을 것 같은 시간도 죽고 싶었던 시간도 언젠가는 지나간다는 것이 명백한 진리가 되어서 지금껏 살게 해주었다. 힘들었던 너의 시간도 또 다른 특별한 의미와 결실이 되어 활짝 웃게 해 줄 날이 반드시 있을 것이라 믿는다.

엄마는 너의 용기와 도전과 의지와 신념을 존중한다. 대견하고 기특하다. 자신의 의지로 무엇이든 할 수 있는 네가 가진 무한한 가능성과 기회를 쓸 수 있는 한 후회 없이 다 써보기를 바란다. 그럴 수 있는 너의 젊음과 열정을 누구보다 믿고 응원한다. 꿈꾸고 원하는 것을 이루기 위한 노력과 의지가 꺾이지 않는다면 언제 어느 때고 생각하고 원하는 것을 이룰 수 있을 것이다.

한 번 지나가 버린 시간은 다시 되돌릴 수 없단다. 지금 이 순간이 힘들더라도 최선을 다해 너의 목표와 꿈을 향해 후회 없는 시간을 보내기를 바란다. 설령 결과가 만족스럽지 못한 상황이 오더라도 후회 없이 최선을 다했다면 그것이 너에게 위안을 줄 것이다.

남달리 열정과 꿈이 큰 너에게 나머지 인생도 끝없는 도전의 연속일 것이다. 누구도 꿈꾸던 모든 일을 다 이루지는 못한단다. 실패하더라도 원하는 간절한 것이 있다면 포기하지 않고, 맹목적으로 도전해 보는 것이 도전하지 않는 것보다 훨씬 더 나은 일이며 의미가 있는 일이라 생각한다. 그 도전의 끝에 오는 실망과 좌절에도 그동안 지나온 힘든 시간을 견뎌내며 한층 단단해진 마음이 너를 버티게 해 줄 것이다.

실패를 인정할 수 있는 용기도 필요함을 잊지 말아야 한다. 강하지만 부러지지 않는 마음의 힘을 그 힘의 진정한 의미를 알게 되는 날 너는 어떤 것도 못할 것이 없는 사람으로 성장해 있을 것이다. 너의 더욱 큰 꿈을 위한 도전과 용기에 무한한 신뢰와 박수를 보낸다.

사랑하는 엄마의 딸로서 너의 삶에 불가능은 없기를 실패보다는 결실의 열매를 거두어들일 수 있기를 간절히 바란다. 이 순간에도 자신과의 약속을 지키기 위해 계속되는 너의 매일 매일에 행운이 깃들기를 바란다.

무엇보다 사랑받고 자란 사람은 자기 자신을 사랑하는 법을 잘 알고, 받은 만큼의 사랑으로 누군가를 사랑하는 법도 알게 된단다. 그래서 언니에게 말했던 것처럼 엄마가 못 받았던 사랑까지 많은 사랑을 아낌없이 주려고 했는데 충분히 많은 사랑을 주었는지 모르겠구나. 너에게도 더 많이 사랑해주고, 더 좋은 부모가 되어주지 못해서 미안한 마음이다.

어리기만 하던 네가 많이 컸지만 아직도 내 품에 안겨오는 아이라서 늘 마음이 쓰인다.

조금 더 커서 세상에 대해 사람에 대해 이야기할 수 있어서 무엇보다 든든한 마음의 힘이 된단다.

오늘도 밥 먹다 말고 네가 했던 말이 엄마의 마음을 아프게 했지만 너는 어떤 아픔과 슬픔에 익숙해지고 길들여지면 안 된다. 가진 것 없는 엄마이지만 나의 전부를 다 걸고서라도 그렇게 내버려 두지 않을 것이다.

그리고 힘들 때마다 딸이라는 이유로, 편하다는 이유로, 이해해 줄 것이라는 생각으로 나의 아픔이 너의 아픔이 되게 해서 항상 미안한 마음이란다. 못난 엄마를 용서해 주길 바란다. 그런 못나고 부족한 엄마를 존경하고 아껴주는 네가 크나큰 자부심이 되어 주고 살아갈 수 있는 힘을 주어서 무엇보다도 감사한다.

너의 소중한 삶에 엄마로 불리우면서 유난히 웃는 얼굴이 예쁜 너로 인해 아팠던 날도 슬펐던 날도 웃을 수 있어서 감사한다.

엄마에게 자랑이자 자부심이 되어 주는 너처럼 나 또한 그런 엄마였으면 좋겠다.

내일도 너의 웃는 얼굴을 볼 수 있겠구나.

최소한 이제는 우리가 만날 때마다 울지 않을 수 있

어서 감사한다. 봄날 아카시아 향기 가득한 길을 손잡
고 걸었을 때처럼 엄마의 삶 안에서도 불균형한 보폭에
맞춰서 어깨를 나란히 하고 걸어 주는 작은딸, 오늘도
그 발걸음에 맞춰 너를 사랑한다.

봄이 아름다운 이유는 꽃 때문이었다.
내가 아름다운 이유는 너 때문이었다.
서로의 아름다움에 눈이 멀어서
한 시절 이루지 못한 사랑을 하고
한 시절 이루지 못할 꿈을 꾸었다.
한동안 깨고 싶지 않았던 꿈이었다.

아들에게 전하는 편지

아들에게 전하는 편지

사랑하는 엄마의 하나뿐인 아들에게.

굳이 많은 말을 하지 않아도 네가 엄마를 얼마나 사랑하는지 또 엄마가 너를 얼마나 사랑하는지 잘 알 것이라고 생각한다. 얼마 전에 네게 가장 소중한 것이 무엇이냐고 물어봤던 적이 있었지. 그때 조금의 망설임도 머뭇거림도 없이 당연히 엄마라고 했던 대답이 참 고맙고 기뻤단다. 누군가에게 가장 소중한 사람이 된다는 것은 쉬운 일인 것 같지만 또 어려운 일이라는 것을 살면서 알게 되었단다. 가장 소중하게 생각하는 사람에게 내가 일 순위가 아닐 수도 있고, 또 그와 반대일 경우도 있으니 말이다.

누나들과 마찬가지로 다른 건 몰라도 많은 사랑을 주려고 애썼는데 너 역시 엄마에게 많은 사랑을 받았다고 느끼는지 모르겠구나. 아들에게 잔소리 안 하는 엄마로 인정받으면서도 가끔씩 하고 싶은 말이 있을 때마다 늘 빼놓지 않고 이야기했던 것들을 놓치지 말고 잘 기억하고 있기를 바란다.

남자가 되어 세상을 살아간다는 것은 여자인 엄마가 알고 있는 것보다 훨씬 더 어렵고 이해하기 힘든 일일 것이다. 여자와는 또 다른 생각과 느낌과 그것들이 이뤄 놓은 가치관으로 세상을 바라보며 살아간다는 일이 녹록하지는 않을 것이다. 엄마도 그저 짐작만 해 볼 뿐이란다. 여자인 엄마와는 다른 남자의 길을 걸어가야 하는 너에게 나이를 더 먹었다고 해서 모든 것을 다 이해한다고는 말할 수 없단다. 다만 엄마가 살면서 겪어 보니 이러이러한 남자로 우리 아들이 성장해 주면 좋겠다는 엄마의 염원 같은 말들을 해보는 것이란다. 그러한 엄마의 염원대로 우리 아들이 자신을 사랑하고, 자신이 사랑하는 것을 지키며 사는 멋있는 남자가 되었으면 좋겠다.

남자가 자존심을 지키며 산다는 것은 언제 어디에서든지 자신의 자리를 확고하게 굳히고 자신의 존재감을 인정받는 것이라고 생각한다. 꼭 그것이 물질적 풍요와

학벌과 권력 같은 것을 가져야 한다는 것은 아니란다. 물론 살면서 그것들 또한 중요하다고는 생각한다. 하지만 더 우선시될 것은 자기 관리이다. 자신의 내면이 잘 정리정돈 되고, 질서가 바로 잡혀있어야 한다. 엄마가 말했었지. 엄마가 존중하고 싶은 주변에 성공한 사람들을 보면 무엇보다 자기 관리가 잘 되어 있다고. 남자라고 해서 힘이 세거나 목소리가 크거나 그런 원초적인 힘이 아닌 누구도 자신을 함부로 할 수 없는 내면의 힘이 진정한 힘이라고 생각한다. 그러한 힘을 키우기 위해 모두들 지금 이 순간도 애쓰며 살아가고 있단다.

공부가 인생의 전부는 아니지만 밑바탕에 쌓인 지식이 무엇을 할 것인가에 대한 답을 찾게 해 줄 것이다. 우리는 모두 서툴고 부족하다. 그래서 더욱 지금은 학생 신분인 너는 학교에서 공부하면서 내면의 힘을 단단하게 키워야 할 때이다.

누나에게도 늘 하는 이야기이지만 부러지지 않는 내면의 진정한 힘을 안다면 무엇도 못 할 것이 없는 사람이 되어 있을 것이다. 그렇게 단단하게 잘 키워진 힘이 빛을 발하게 되는 순간들을 준비하면서 말이다. 그러한 순간은 너의 긴 인생에서 언제 어느 때고 불현듯 찾아올 것이다. 그 많은 순간들 중에서도 자신이 가장 아끼고 사랑하는 사람들이 언제 어디에서도 어느 상황에서도 마음 다치지 않게 강력한 보호막이 되어 지켜주는 것이 얼마나 중요한 일인지 너도 잘 알고 있을 것이다.

물론 살다보면 피할 수 없는 시련도 있겠지만 그럴 때마다 서로 의지하고, 힘이 된다면 이겨낼 수 있을 것이다. 그리고 그럴 수 있는 서로의 신뢰와 믿음의 힘은 어느 날 갑자기 힘들 때만 강요한다고 되는 것이 아니라 많은 시간 긴 세월 속에서 차곡차곡 선반에 쌓이는 시간의 먼지처럼 보이지 않게 삶 안에서 쌓아져야만 가능한 일일 것이다.

엄마가 늘 말했듯이 남자의 진짜 자존심은 사랑하는 사람들이 상처 입지 않게 지키는 것. 그것이 곧 자기 자신을 지키는 것이라 생각한다. 그 진정한 자존심을 지키는 것에 대한 의미를 알지 못하면 많은 것을 잃게 될 것이고, 결국에는 자기 자신마저 잃게 된단다. 자기 사람과 자기 것을 아끼고 소중히 하는 것이 곧 자기 자신을 위하는 것임을 절대로 잊지 말아야 한다.

자신의 것을 아끼고 사랑할 줄 모르는 사람은 제대로 된 사랑을 할 줄도 모를뿐더러 사랑을 받을 자격도 없는 사람이란다. 그러니 우리 아들은 제대로 사랑할 줄 알고, 사랑받는 사람이 되어 주기를 간절히 바란다. 엄마가 온 마음 다해 목숨을 내주어도 아깝지 않을 만큼 너를 사랑했듯이.

그리고 더 바라는 게 있다면 냉철한 사람이 되었으면 좋겠다.

지나간 이런저런 일들을 겪으며 어떤 큰일도 냉철함 앞에서는 크게 흔들리지 않았다. 냉철한 사람은 자기중심을 지키며 쉽게 흔들리지 않는 사람이라고 생각한다.

남자의 삶이라는 것이 보다 크고 무거운 책임과 의무가 따르는 일이 많을 것이라 생각한다. 작은 일에 사소한 감정으로 휘둘려서 큰일을 그르치지 않도록 말이다. 이를테면 작은 바람에 흔들리는 나무를 보고 흥분해서 붙잡고 어찌할 바를 모르다가 작은 바람이 폭풍우가 되어 숲을 망치는 줄도 모르는 상황이라면 이해가 좀 되겠니? 나무가 바람에 흔들리는 것은 그저 평범한 일상 같은 일이란다. 그 사소한 일상마다 흔들리고 살다가 정작 나무가 있는 숲을 지키지 못한다는 것이다.

이야기했지만 엄마는 나이와 성별에 상관없이 냉철함을 가진 사람을 보다 성숙한 사람이라 생각하고 존중한다. 들이닥칠 폭풍우를 준비하고, 이겨낼 수 있는 사람 말이다. 다만 그보다 앞서 더 중요한 것은 냉철하지만 냉정한 사람이 되면 절대로 안 된다. 진정한 냉철은 냉정이 아닌 뜨거움과 같은 말이라고 엄마는 생각한다. 무엇보다 가슴 뜨겁게 너의 삶을 살아가고, 따뜻한 마음으로 자신만의 온도를 지키며 살아가는 인간미가 있는 사람이 되어야 한다. 사랑하는 나의 아들이 세상에 나아가 제법 괜찮은 남자가 되어 있는 모습을 늘 상상한단다. 자라는 나무처럼 내면이 멋있는 사람으로 튼튼하게 자라 줄 것이라고 믿는다.

지금 너의 노력이 얼마만큼인가에 따라서 이후에 모습이 눈부시게도 초라하게도 될 것이다. 꼭 공부가 아니더라도 네가 원하고 좋아하는 일을 찾는 일에 늘 생각과 마음을 두고 있어야 한다. 어떤 모습으로 살 것인지를 늘 자신에게 질문하면서 말이다.

어떤 모습이든 너를 여전히 사랑하겠지만 네가 원하는 것을 하고, 사랑하고 사랑받으며 살기를 바란다. 다시 돌아오지 않을 자기 몫의 삶을 후회 없이 멋있게 누려 보고, 아름답게 사랑하고 사랑받으며 살아가는 모습을 보는 것이 엄마의 마지막 소원이란다.

그리고 누나들에게도 너에게도 특별한 무엇인가를 하나라도 더 해주고 싶은 마음인데 그러지 못한 것 같아 미안하다. 지금까지 함께 했고 앞으로 함께 할 남은 시간도 마음 따뜻할 수 있다면 그것으로 좋겠다. 아직도 세상을 다 모르는 부족한 엄마가 했던 말들과 해줄 말들이 너에게 주는 엄마의 마지막 선물이 될 것이다. 소중한 엄마처럼 소중하게 머리로는 냉철하게 가슴으로는 뜨겁게 엄마의 마지막 선물을 잘 간직해 주기를 바란다. 평소에 안 하고 못했던 잔소리를 이렇게나 많이 해버렸다.

엄마가 누군가에게 바람이 많은 것은 그만큼 사랑한다는 뜻이란다. 매일 너의 입꼬리를 치솟게 하는 웃음을 볼 수 있어서 감사한다. 카페테라스에 앉아 이 편지를 쓰고 있으니 너와 함께 느끼던 봄날 밤의 바람처럼 따스하고 부드러운 바람이 불어온다. 너도 어디에선가 이 바람을 느끼고 있을 텐데 보고 싶구나.

나의 연인. 나의 사랑.
나의 남자. 나의 아들. 네가.

사랑받았던 날의 기억이 평생을 사는 힘이 됩니다.
당신이 주신 사랑과 사랑했던 날들의 기억을
그리워하며 오늘을 살아갑니다.
:

사랑하고 사랑받았던 그 모든 날이 지금의
내가 되었습니다.

12월의 아카시아를 사랑하는
예쁜 엄마에게
- 큰딸, 작은딸, 아들 -

많이 웃게 해주겠다는 새해의 다짐같던
약속의 말을 부적처럼 품고 살았다.
그럼에도 견디기 힘든 날은 품에 안겨
소리내어 실컷 한번 울고 싶었다.
가슴에 타는 불덩이를 안고
주저앉지 않으려고 애쓰며 하루를 건너왔다.
그런 나를 말없이 안아주고
말없이 웃어주기를 바랬다.
이제 남은 날은 울음보다는
많은 웃음으로 살고싶다.

십이월의 아카시아

초판 1쇄 펴낸 날 | 2019.12.16
초판 3쇄 펴낸 날 | 2020.01.30

지은이 박정윤
총괄기획 이정훈
출판기획 김태한
펴낸이 김태한 외 1명
디자인 이상돈
편집장 김효진
편집 장우영

펴낸곳 책과강연
출판등록 2017년 7월 2일 제2017-000211호
주소 서울시 서초구 서초대로 54길 9-8
전화 02-6243-7000
홈페이지 www.writing180.com
이메일 writingin180days@naver.com

책임편집 김효진
교정 김효진·장우영

ISBN 979-11-962830-4-9

이 도서의 국립중앙도서관 출판예정도서목록(CIP)은 서지정보유통지원시스템 홈페이지
(http://seoji.nl.go.kr)와 국가자료종합목록 구축시스템(http://kolis-net.nl.go.kr)에
서 이용하실 수 있습니다. (CIP제어번호 : CIP2019045531)